«PANDORA»

Della stessa autrice

Anna dagli occhi verdi
Il barone
Saulina (Il vento del passato)
Come stelle cadenti
Disperatamente Giulia
Donna d'onore
E infine una pioggia di diamanti
Lo splendore della vita
Il cigno nero
Come vento selvaggio
Il corsaro e la rosa
Caterina a modo suo
Lezione di tango
Vaniglia e cioccolato
Vicolo della Duchesca
6 aprile '96
Qualcosa di buono
Rosso corallo
Rosso corallo
(Edizione illustrata)
Singolare femminile
Il gioco delle verità
Mister Gregory
Un amore di marito
Léonie
Giulia per sempre
(Disperatamente Giulia,
Lo splendore della vita)
Il diavolo e la rossumata
Palazzo Sogliano
Il bacio di Giuda
La moglie magica
La vigna di Angelica
Dieci e lode
Festa di famiglia
Un battito d'ali
Suite 405
Segreti e ipocrisie
Il falco
L'amore fa miracoli

Tutti i libri di Sveva Casati Modignani sono disponibili anche in versione ebook, a eccezione di *Rosso Corallo* (Edizione illustrata) e *Giulia per sempre*.

SVEVA CASATI MODIGNANI

L'AMORE FA MIRACOLI

Sperling & Kupfer

Pubblicato per

Sperling & Kupfer

da Mondadori Libri S.p.A.

L'AMORE FA MIRACOLI

ISBN 978-88-200-7200-1

I Edizione ottobre 2021

Anno 2021-2022-2023 - Edizione 1 2 3 4 5 6 7 8 9 10

Ringraziamenti

RINGRAZIO Alice e Luna, perché mi ispirano nel raccontare lo stile di vita e i sentimenti delle donne di oggi.

Inoltre, ringrazio la mia editor, Donatella Barbieri, e tutte le ragazze della Sperling.

1

GLORIA dormiva profondamente quando la svegliò il trillo insistente del cellulare posato sul cassettone.

Scostò le coperte, si alzò, incespicò nel tappeto ed evitò di cadere aggrappandosi al bordo del letto, il cuore in tumulto, perché quella telefonata di primo mattino non era di buon auspicio.

Il primo pensiero fu per suo padre che, soltanto un mese e mezzo prima, a metà dicembre, aveva rischiato di morire per un infarto e lo avevano salvato la prontezza di un intervento al cuore e l'abilità del chirurgo, il professor Antonio Bartorelli.

L'assistente del professore, il dottor Bruno Arconati, le aveva detto che il paziente era stato rimesso a nuovo ed effettivamente suo padre era tornato a casa, poco dopo Natale, in condizioni eccellenti. Ma ora poteva essere insorta una complicazione.

Oppure quella telefonata poteva riguardare Sergio, il

suo compagno che, due giorni prima, era partito in macchina per l'annuale giro europeo dei clienti della sua azienda che produceva fuochi d'artificio.

Agguantò il cellulare con mano tremante e lesse il nome di Vieri. L'ansia si placò, ma solo in parte. Vieri era il suo socio alla Alfa Communication, l'agenzia che entrambi gestivano ormai da quindici anni e organizzava eventi in tutto il Paese.

A Siena era in corso un importante convegno di cardiologia coordinato da loro e seguito da Vieri, che era senese e tornava volentieri nella sua città.

Una telefonata alle sei del mattino non era certamente per dirle che andava tutto bene.

«Ciao Vieri, che cosa succede?» domandò Gloria.

«È un'ora indecente per svegliarti, ma io sto male», disse lui con voce affaticata. E proseguì: «Stanotte mi è venuta la febbre alta. Respiro male e la Tachipirina mi è servita a poco».

«Mi dispiace. Hai chiamato un medico?» replicò Gloria.

«Lo farò dopo la nostra telefonata. Adesso mi serve che tu ti metta in viaggio e arrivi qui prima di mezzogiorno», spiegò.

«Ci sono complicazioni?»

«Lo sai che le hostess, ingaggiate per l'evento, devono essere guidate. Ho bisogno del tuo aiuto. Leggiti il programma di questo sabato e sbrigati a partire, per favore.»

«Va bene. Dammi il tempo di prepararmi e arrivo. Ma tu, chiama subito un dottore. Anche perché sei circondato dal fior fiore della medicina e potresti disturbare uno dei relatori. Ti prego, non farmi preoccupare», aggiunse con tono materno.

«Sto troppo male per rassicurarti», sussurrò lui, esausto.

«Chiama subito un dottore. Io corro da te.»

Lui chiuse la comunicazione e Gloria si affrettò a scorrere velocemente il programma della giornata. Vide che tra i relatori di quella mattina c'era il professor Bartorelli. Avrebbe colto l'occasione per salutarlo e ringraziarlo ancora una volta d'aver salvato la vita al suo papà. Poi, al pensiero del primario si associò quello del suo assistente, Bruno Arconati, l'uomo per il quale era stata sul punto di tradire Sergio, il suo compagno di vita da vent'anni.

Si era sentita attratta da lui fin dal primo incontro al pronto soccorso del Monzino. Da allora si erano rivisti ogni giorno per tutto il tempo in cui il padre era rimasto in ospedale. Poi si erano scambiati i numeri di telefono, e in seguito si erano incontrati in città. A ogni incontro, il desiderio reciproco si faceva sempre più forte e, proprio per questo, evitavano perfino di sfiorarsi, limitandosi a bere ogni tanto un caffè al banco di un bar e poi facevano una breve passeggiata, fianco a fianco, lungo le vie centrali di Milano, per il piacere di ascoltare i reciproci racconti.

Talvolta si guardavano negli occhi e i loro sguardi esprimevano il desiderio che provavano l'uno per l'altra.

Un giorno, Bruno le aveva circondato le spalle e l'aveva attirata a sé, sussurrandole: «Mi piaci da impazzire, rondinella».

Si riferiva all'incarnato chiaro di Gloria che esaltava i grandi occhi neri e l'assimilava a una rondine.

I loro visi si erano avvicinati e stavano per baciarsi, ma lei si era subito ritratta temendo che non si sarebbero fermati solo a un bacio.

«Bruno... io vorrei, ma non posso. Tu sei solo, mentre io sono legata a Sergio, e tu lo sai.»

«Scusami», aveva balbettato lui.

«Non hai niente di cui scusarti, però non dobbiamo vederci più», aveva concluso lei, lo sguardo velato dalle lacrime per quello strappo improvviso.

Bruno non l'aveva più cercata, ma lei non aveva smesso di pensare a lui.

Ora, mentre si preparava a partire per Siena, soffocò un sospiro di rammarico.

In autostrada il traffico era piuttosto sostenuto, ma scorrevole. Dopo le nove si collegò in viva voce con la sua agenzia. Parlò prima con la segretaria di Vieri e poi con la sua per modificare i programmi della giornata. Si fece prenotare una camera nello stesso albergo in cui alloggiavano sia Vieri sia i congressisti. Poi chiamò Sergio, che era a Losanna, per raccontargli della partenza improvvisa.

«Guida con prudenza», si raccomandò lui.

«Lo stesso vale anche per te», replicò lei.

«Ti chiamo questa sera», disse Sergio.

«Ci sarà una cena di gala per la chiusura dei lavori.

Mandami un messaggio e se non sarà troppo tardi ti richiamerò.»

Durante il viaggio rispose a numerose chiamate di lavoro e, quando raggiunse l'hotel *Continental*, era mezzogiorno.

Affidò la sua auto a un valletto che la portò in garage. Il portiere, al banco del ricevimento, la accolse e le consegnò un messaggio di Vieri che la informava di essere al Santa Maria alle Scotte di Siena dove lo stavano curando. Quindi toccava a lei saldare le pendenze con il personale assunto per l'occasione.

«Se è stato in grado di scrivere il messaggio non sta così male», sussurrò Gloria, rassicurata.

«A noi uomini bastano due linee di febbre per sentirci moribondi», commentò in tono scherzoso il portiere, che aveva colto le sue parole.

Gloria abbozzò un mezzo sorriso e gli disse: «Per favore, mi faccia portare il bagaglio in camera. Vorrei andare subito al teatro dei Rinnovati. Posso avere una piantina del centro storico?»

«Ci arriva a piedi in pochi minuti. È proprio qui sotto», rispose l'uomo e le tracciò sulla mappa il percorso da seguire.

In quel mezzogiorno di gennaio, l'aria gelida era mitigata da un sole squillante.

Gloria entrò nel foyer del teatro nel momento in cui, nella sala attigua, i lavori del convegno si stavano concludendo tra uno scroscio di applausi.

Si fermò a parlare con le hostess, che la rassicurarono.

«È andato tutto bene», le disse una di loro. E proseguì: «Ora accompagniamo in albergo i relatori. Ma non abbiamo ancora visto il dottor Campini».

«Ha avuto un contrattempo ed è per questo che sono venuta io», tagliò corto Gloria, senza fornire altre spiegazioni.

Le ragazze spalancarono le porte che, dalla sala del teatro, immettevano nel foyer. Pubblico e relatori iniziarono a defluire verso l'uscita.

Lei si mise in una posizione strategica, sperando di individuare il professor Bartorelli.

Quella mattina aveva indossato un cappotto color ciclamino che la distingueva dai presenti intabarrati in giacche di piumino scure.

La notarono in molti e a un certo punto una voce di velluto, che conosceva bene, le sussurrò: «Ciao, rondinella».

2

GLORIA si girò di scatto e si trovò di fronte Bruno Arconati.

«Non ci posso credere! Perché sei qui?» domandò lui sorpreso.

«La mia agenzia organizza questo convegno da sempre e di solito se ne occupa il mio socio, Vieri Campini. Stanotte è stato male e lo hanno ricoverato in ospedale. Io sono arrivata ora da Milano», chiarì lei.

«Lo scorso weekend Bartorelli si è fracassato una gamba su una pista da sci. Lo hanno operato ed è ancora ricoverato al Pini. Così l'ho sostituito per presentare la relazione che avevamo redatto insieme», spiegò Bruno.

Intorno a loro era tutto un chiacchiericcio di gente che lasciava il teatro.

Bruno e Gloria fecero lo stesso, mentre lui commentava: «Lo vedi? Il caso non vuole che ci separiamo».

L'aveva presa sottobraccio e lei aveva respirato il suo profumo che le piaceva tanto.

E poiché Gloria taceva, sopraffatta dall'emozione, lui proseguì: «Questa volta, rondinella, io non ti lascio più scappare».

«Bruno, quello che ti avevo detto nel nostro ultimo incontro vale ancora. Io voglio molto bene a Sergio e non posso sconvolgere la sua vita e la mia», spiegò con tono accorato.

«Da quando ti ho incontrata non ho smesso un solo giorno di pensare a te e questo non mi era mai successo con nessuna donna, nemmeno quando credevo di essere innamorato di mia moglie», spiegò con voce ugualmente accorta.

Neppure io ho mai smesso di pensarti, avrebbe voluto confessare lei. Invece si limitò a dire: «Bruno, lasciami andare. Sto lavorando, devo controllare che tutto funzioni per il meglio. Dovrò anche fare una visita in ospedale per capire come sta il mio socio».

Lui si fece serio, pescò il cellulare dalla tasca del giaccone, e, mentre faceva scorrere i numeri memorizzati, disse: «Ora chiamo l'ospedale. Ho alcuni amici che lavorano lì e chiedo notizie di... come si chiama il tuo socio?»

«Vieri Campini. Lo hanno ricoverato stamani», si affrettò a precisare lei, grata al medico per questo interessamento non richiesto.

L'ultimo gruppo di relatori stava girando l'angolo del vicolo per dirigersi verso l'albergo dove avrebbero pranzato.

Una hostess era rimasta indietro e sembrava che li

stesse aspettando. Gloria la avvicinò: «Vada con gli altri. Io vi raggiungo per il pranzo».

Poi tornò accanto a Bruno che, al telefono, stava dicendo: «Allora ci vediamo in ospedale nel pomeriggio».

Chiuse la comunicazione e spiegò: «Il tuo socio ha una brutta polmonite virale. Devo dirti che, ormai da alcuni mesi, noi medici ci imbattiamo in queste polmoniti anomale. La cura efficace che si sta effettuando è l'associazione di antibiotico e cortisone, ed è così che stanno curando anche Vieri. Penso che ne uscirà nel giro di una settimana. Comunque è meglio che tu non vada a trovarlo. Ci vado io e poi ti riferirò», concluse e si allontanò.

Nella sala da pranzo, gli ospiti erano già a tavola. Lei sedette con i giornalisti e si adoperò per prenotare le interviste con alcuni medici.

Quando la sala si svuotò, nel primo pomeriggio, Gloria poté finalmente isolarsi nella sua stanza.

Si spogliò e si abbandonò sul letto. Era esausta. Si addormentò subito.

Fu un sonno profondo che non durò a lungo perché fu svegliata dal trillo del cellulare.

«Ciao rondinella!» esordì Bruno. E proseguì: «Ho visto il tuo amico Vieri. Era preoccupato per la conclusione del convegno. Gli ho detto che tu sei stata molto efficiente e abbiamo parlato delle sue condizioni di salute».

«Lo hai tranquillizzato?»

«È il mio mestiere infondere serenità ai pazienti.»

«Lo so bene, lo hai fatto anche con il mio papà.»

«Ho avuto un maestro eccellente. Quanto a Vieri, domani gli faranno nuove radiografie e si vedrà come evolve la malattia. Intanto ora respira bene e quando l'ho lasciato era tranquillo. Quindi rasserenati anche tu.»

«Grazie. Sei un amico.»

«Sono solamente un uomo innamorato», sospirò il medico. Poi osservò: «Hai una voce strana».

«Dormivo. È stato bello che sia stato tu a svegliarmi», si lasciò sfuggire.

«Non potevi dirmi parole più dolci. Perché continui a tenermi sulla corda?»

«Bruno, per favore, lasciamo perdere», sospirò Gloria.

«Scusami. Io sono un uomo libero, e tu sei legata a Sergio. Però è un fatto che noi due siamo attratti l'uno dall'altra.»

«Dobbiamo evitare di vederci», ribadì lei.

«Domattina, prima di tornare a Milano, parlerò di nuovo con il collega che segue Vieri e spero di darti notizie migliori», concluse il medico.

Gloria si cullò in un dormiveglia in cui pensava a Sergio e a Bruno. Desiderava raccontare al suo compagno l'affetto profondo che la legava a lui e confessare a Bruno il desiderio di naufragare tra le sue braccia. Sono una traditrice, si disse. Pensò alle sue amiche del cuore e le invidiò, perché erano più serene di lei.

Immaginò di riavvolgere il nastro del tempo, tornando

alla sera in cui i suoi genitori erano al cinema e suo padre si era sentito male.

Lì fermò il nastro e lo fece ripartire, indirizzando l'ambulanza che lo trasportava d'urgenza al Monzino verso un altro ospedale dove lei non avrebbe incontrato il dottor Bruno Arconati.

Allora la sua esistenza avrebbe continuato a scorrere sul binario rassicurante del suo rapporto con Sergio e lei sarebbe vissuta tranquillamente.

Non avrebbe mai incrociato lo sguardo di Bruno e non sarebbe scoccata la scintilla dell'attrazione per lui. Non bastava che fosse bello e che avesse un tono di voce che la faceva rabbrividire, possedeva anche il carisma del guaritore, capace di rassicurare il paziente e le persone che lo amavano.

Se suo padre fosse stato in condizioni disperate, Bruno avrebbe trovato le parole giuste per dirle che si stava spegnendo serenamente, perché la vita di ognuno di noi è simile a una lampadina: c'è quella che fa luce per cento anni e quella che, all'improvviso, si spegne senza una ragione.

Bruno era un medico come ce ne sono pochi. Gloria aveva conosciuto medici burberi, scostanti, gonfi di supponenza che facevano cadere dall'alto il loro sapere e altri decisamente villani o indifferenti.

Lui, invece, viveva il suo lavoro come una missione e tanto i pazienti quanto i loro cari si consegnavano a lui con la fiducia infantile dei bambini che si affidano all'onnipotenza dei genitori. E Gloria si era sentita irresistibilmente attratta da lui.

Ora, senza una ragione, decise di chiamare i suoi genitori. Le rispose sua madre che esordì: «Fortunato chi ti sente!»

«Sono a Siena per lavoro, ma ritorno domani, nel primo pomeriggio. Volevo notizie tue e di papà», replicò Gloria.

«Tuo padre se ne infischia della dieta raccomandata dai medici. È rintanato nel suo studio e si presenterà solamente per la cena. Io mi godo alla tele *Il Paradiso delle Signore*. Dovresti vederlo anche tu, perché racconta di una Milano che non c'è più, quella di quando io ero ragazza e le signore sapevano vestirsi come si deve. Senza contare tutti gli intrighi amorosi che mi piacciono tanto», disse Carmen.

«Ma tu, mamma, sei mai stata innamorata di qualcuno?» le chiese a bruciapelo.

«Perché mi fai questa domanda?» replicò la donna, mettendosi sulla difensiva.

«Perché non mi dai una risposta?» la sfidò Gloria.

«Io ho amato tuo padre. Punto», rispose seccata.

«Per una volta, possiamo confrontarci da donna a donna?» propose Gloria.

«Non è possibile. Da donna a donna ti confronti con le tue amiche. Io sono tua madre e certe domande mi infastidiscono.»

«Allora avevo ragione io», sussurrò la figlia.

«Su cosa?» si insospettì Carmen.

«Lascia perdere, mamma. Ma ricordati che se il nostro rapporto non è dei migliori, la colpa è solamente tua. In casa Tagliaferri c'è sempre stata poca chiarezza nei tuoi rapporti con papà. E ricorda anche quello che avevamo fatto, Ernesto e io, quando eravamo adolescenti. I silenzi tra voi non hanno fatto bene ai vostri figli», concluse.

3

ANCORA una volta, sua madre l'aveva delusa e Gloria avvertì la mancanza delle sue amiche perché con loro riusciva a parlare apertamente di tutto.

Maria Sole, la più giovane del gruppo, in quel momento rincasò con la mamma da un giro di acquisti propiziati dai saldi di fine stagione.

Le accolse Soledad, la domestica che affiancava Maria Sole nei lavori di casa, e la liberò subito di tutti i sacchetti.

«Il piccolino si è addormentato da poco», la informò, riferendosi a Michele, il figlio che aveva sette mesi.

Lei osservò perplessa la domestica, che aveva un'espressione strana, e indagò: «Che cosa ti succede?»

«Dovrei andare subito a casa, fare i bagagli e partire per il mio Paese. Mia zia mi ha già fatto un biglietto aereo», rispose.

La zia la ospitava da tre anni, da quando era arrivata

in Italia a lavorare per mantenere i suoi bambini, dal momento che il loro padre aveva lasciato la famiglia per andare a vivere con un'altra donna.

«Perché questa partenza improvvisa?» le domandò Maria Sole.

«La mia mamma sta male e i bambini sono affidati a una vicina», spiegò sull'orlo delle lacrime.

Ludovica, la madre di Maria Sole, aveva assistito al loro dialogo e, quando la domestica andò via, commentò: «Te lo dico da sempre che questa donna non funziona».

Effettivamente non era una gran lavoratrice, ma con il piccolino era adorabile ed era questo che premeva a Maria Sole.

«E allora?» le domandò la figlia, con aria di sfida.

«Da quando il tuo matrimonio è andato a rotoli, tu insisti a incolpare me e la povera Cristina. E, come se non bastasse, rifiuti il nostro aiuto», si lamentò.

Cristina era la madre di Mariano, il suo delizioso marito che aveva un'unica colpa, quella di aver taciuto la sua omosessualità.

«Chi altri dovrei accusare? Voi due lo sapevate e tuttavia avete favorito la nostra unione. Tu mi avevi cresciuta come se fossi una bambina deficiente che andava costantemente guidata e Cristina ha cresciuto suo figlio negando l'evidenza della sua natura nella convinzione che, diventando un marito e un padre, potesse cambiare. Devi capire una volta per tutte che avete combinato un gran disastro», sbottò Maria Sole.

«E ti abbiamo chiesto scusa. Però adesso non puoi impedirmi di darti una mano a trovare un aiuto domestico un po' più affidabile di questa poveretta», protestò la madre.

«Mamma, per favore, renditi conto che il naufragio del mio matrimonio mi ha fatta crescere e ho capito che posso gestire la mia vita senza ricorrere al tuo aiuto. So che mi serve una domestica per mandare avanti la casa e voglio risolvere il problema da sola. Ti chiedo troppo?»

«Come vuoi tu. Quindi adesso me ne vado, anche perché tuo padre mi aspetta per l'ora di cena», tagliò corto Ludovica e si eclissò.

Maria Sole respirò di sollievo e, in punta di piedi, andò a controllare Michele che dormiva profondamente.

Allora preparò la cena per sé e per lui.

Riempì anche il biberon con la camomilla che il suo cucciolo avrebbe bevuto durante la notte.

Guardò l'orologio e realizzò che tra poco Michele si sarebbe svegliato.

In quel momento trillò il cellulare. Lesse il nome di Alberto e sorrise.

«Eccomi!» rispose.

Con Alberto si conoscevano da sempre perché lui era il figlio dei guardiani di Villa Sans-souci, l'antica residenza di famiglia, che sorgeva in cima alla scogliera di Portofino, dove lei e il fratello Filippo avevano trascorso da ragazzi gran parte delle vacanze estive.

Filippo e Alberto erano coetanei ed essendo più grandi

di lei la escludevano dai loro giochi, ma sapevano essere protettivi nei suoi confronti.

Filippo si era suicidato a vent'anni, quand'era militare di leva. Alberto le era stato vicino e l'aveva confortata.

Ora continuava a vivere con Angelina, sua madre, nella portineria della villa, mentre lavorava a Genova dove, dopo la laurea, aveva rilevato un'agenzia pubblicitaria in crisi e l'aveva rimessa in sesto realizzando profitti eccellenti.

Durante le vacanze natalizie, Maria Sole era tornata in villa per la prima volta senza il marito, in compagnia dell'amica Andreina e il suo legame con Alberto si era rafforzato.

Solo allora si era resa conto di quanto le piacesse il figlio dei guardiani, non soltanto perché era un giovane uomo delizioso, ma anche perché era molto affabile. Nella notte di Natale, mentre tutti dormivano, lei e Alberto erano scesi sulla spiaggetta della villa e, sfidando il gelo, a ridosso di uno scoglio, avevano parlato con la natura lezza di due amici di vecchia data e, infine, si erano baciati.

Lei avrebbe voluto andare oltre. Alberto l'aveva fermata dicendole che lei stava ancora soffrendo per la separazione da Mariano e non era ancora il momento di affrontare una nuova storia.

Maria Sole ci era rimasta male, ma aveva capito che Alberto aveva ragione. Dopo le feste era tornata a Milano e lui la chiamava ogni sera.

Se Michele dormiva, parlavano a lungo, consapevoli ormai che la loro amicizia stava diventando un rapporto importante.

«Come stai?» le domandò ora.

«Molto bene», disse con tono allegro. «Raccontami di te», soggiunse.

«Ti ho chiamata prima del solito perché ho una cena con un cliente che ha deciso di affidarmi la sua campagna promozionale e dobbiamo definire gli ultimi dettagli del contratto. Farò tardi e avevo bisogno di sentire la tua voce», spiegò lui.

«La sentiresti meglio se fossi qui con me», lo stuzzicò lei.

«Era a questo che pensavo. Ora che Michele è svezzato, potresti staccare per un fine settimana?»

«Che cosa hai in mente?»

«Magari Mariano è felice di occuparsi del figlio mentre tu non ci sei, e noi due sabato prossimo potremmo andare in Versilia. Conosco un piccolo resort, delizioso, non lontano da Forte dei Marmi», propose lui.

«Torno a chiederti che cosa hai in mente, perché dietro questa proposta c'è un progetto che dovresti espormi», insistette Maria Sole.

«Ti sei espressa con una frase da antologia della lingua italiana e mi costringi a dire quello che un ligure arcigno come me tentava di sottacere. Noi due ci amiamo, ce lo siamo sussurrati il Natale scorso nel gelo della notte sulla spiaggetta di Villa Sans-souci, dopo che ci siamo baciati per la prima volta. E io sono stato così scemo da dirti che non eri ancora pronta per imbarcarti in una nuova storia. Ora penso che tu sia determinata a voltare pagina», dichiarò e, poiché Maria Sole taceva, concluse: «Se mi sono sbagliato, ti chiedo scusa».

«Infatti ti sei sbagliato. Io ero prontissima già il mese scorso», rispose lei con tono di rimprovero.

Lui rise divertito e insistette: «Arrabbiati ancora, perché me lo merito. Avanti, sfogati. Conterò i giorni che ci separano dal nostro weekend. Assicurati allora che Mariano si possa occupare di Michele.»

«È attaccatissimo al figlio e sarà felice di averlo con sé per due giorni interi. Così potrò stare con te, sapendo che la piccola belva è in buone mani. A proposito di piccola belva, ora sta iniziando a strillare perché reclama la sua mamma e la sua pappa. Devo lasciarti.»

«Ciao, ragazza del mio cuore. Sappi che ti amo tantissimo e adesso corri da lui», si accomiatò Alberto.

4

Dopo che ebbe nutrito il suo bambino, Maria Sole sedette in poltrona, nel soggiorno. Accese il televisore per seguire un telegiornale della sera senza smettere di parlare con dolcezza a Michele, per dirgli che era il bimbo più bello del mondo, che lo amava tantissimo e sperava che fosse felice quanto lo era lei, perché tra pochi giorni avrebbe incontrato un uomo che le piaceva e con il quale desiderava avere giorni fantastici.

«Ma non ti lascerò in mani estranee. Ci sarà il tuo bellissimo papà a prendersi cura di te e spero che non ti vizi più del necessario, altrimenti dovrò sopportare io le tue bizze e questo non mi sta bene. Sei d'accordo, vero?» gli domandò.

Lui la fissava negli occhi quasi con gravità, mentre le sue manine afferravano la collana di pietre colorate che le pendeva sul petto e tentava di portarsele alla bocca. Lei lo lasciò fare sorridendo. Intanto seguiva il notiziario serale.

Il cellulare riprese a vibrare. Lesse il nome di Soledad e rispose subito.

«Allora, che cosa succede?» le domandò preoccupata.

«Signora, io parto questa notte. Spero che la mia mamma non muoia. Non so quando potrò tornare», le annunciò in lacrime la domestica.

«Mi dispiace tanto. Auguriamoci che non sia nulla di grave», rispose Maria Sole, mentre malediceva la sorte, perché avrebbe dovuto trovare subito un rimpiazzo.

Chiuse la telefonata con Soledad e chiamò Andreina.

«Lo so che sei in ufficio e non dovrei disturbarti, ma ho un problema», esordì.

«Sto per tornare a casa. Sputa l'osso», rispose l'amica.

«Ho bisogno subitissimo di una domestica perché la mia Soledad sta tornando nel Salvador», spiegò.

«Ma una donna fidata e capace, magari un po' più scrupolosa della Soledad, non si trova schioccando le dita. Chiamo don Saverio e sento se ha qualcuno che faccia al caso tuo.»

«Ti prego! Ti prego, amica mia, fai in modo che io possa trascorrere serenamente il mio primo fine settimana da sballo senza dover pensare alla sostituzione della domestica», le confidò Maria Sole, aggiornandola sul programma elaborato con Alberto. E concluse: «Fai del tuo meglio, perché ne va della mia vita».

Andreina si fece una bella risata e commentò: «Nessuno più di te si merita un fine settimana spumeggiante. Il cucciolo lo affidi a tua madre?»

«È escluso. Non vede l'ora di impicciarsi della mia vita e io non intendo coinvolgerla, perché farebbe solo danni.»

Andreina pensò a Viviana, la sua mamma scomparsa qualche anno prima, ai battibecchi feroci che aveva avuto con lei, e ai dolci momenti in cui si erano riappacificate e avevano recuperato la complicità di quando lei era bambina, traendone reciproco conforto. Ma di questo non disse nulla e ignorò l'ostilità dell'amica nei confronti della propria madre. Tanto più che Maria Sole proseguì: «Al mio Michele penserà suo padre. Adesso, voglio scoprire il piacere di fare l'amore con un uomo vero».

«Ne hai tutto il diritto, povera bambina», la rassicurò Andreina e aggiunse: «Hai la mia parola che mi darò subito da fare per trovare una sostituta di Soledad».

Con questa rassicurazione, Maria Sole consumò il suo pasto serale tenendo in braccio il bimbo che tentava di ghermire la forchetta mentre lei mangiava e intanto esprimeva tutta la sua curiosità con lallazioni e smorfie buffe. Lei sorrideva intenerita e gli parlava come se lui potesse capirla.

«Bambino mio, tu sei sveglio come un grillo e invece, a quest'ora, visto che ti ho cambiato e abbondantemente nutrito, dovresti dormire.»

Per tutta risposta, lui allungò una manina e riuscì ad afferrare un pezzettino di pesce lessato dal piatto di sua madre. Se lo portò alle labbra e poi lo sputò con disgusto.

Maria Sole rise divertita, gli pulì le dita e la bocca; con un gesto di rabbia, lui afferrò una pallina d'ambra della sua collana e prese a succhiarla. Lei lo lasciò fare e finì la sua cena.

Poi scaldò il biberon della camomilla e gliela fece bere, dopo aver sistemato il piccolo nel letto matrimoniale sdraiandosi accanto a lui.

Michele si addormentò con il succhiotto tra le labbra e, a quel punto, lei rigovernò la cucina. Quindi chiamò suo marito.

Il telefono era spento.

In un'altra occasione avrebbe lasciato perdere, ma ora, con la prospettiva della fuga romantica per il fine settimana, aveva bisogno di contattarlo. Così si rassegnò a comporre il numero del telefono fisso dell'appartamento di via San Vito, in cui Mariano viveva con l'amico Pablo.

Le rispose il ballerino.

«Scusami se disturbo, ma sto cercando Mariano», esordì lei.

«Non hai letto la sua mail? In questo momento è in volo per Los Angeles. C'è in ballo una fusione aziendale con una società americana, e rientrerà solamente la prossima settimana», spiegò il compagno.

«Porco *sciampin*», si lasciò sfuggire lei a palesare il disappunto.

«Come dici?» indagò il ballerino.

«Non farci caso. È un'imprecazione milanese che allude allo zampino del diavolo che si frappone a un progetto, buttandolo all'aria.»

«Posso esserti utile in qualche modo?» si offrì lui.

«No, lascia perdere», tagliò corto Maria Sole che non riusciva ancora a superare la diffidenza verso il compagno del marito.

Prima Soledad, adesso Mariano. Sembrava una congiura per impedirle di essere felice, pensò, e le venne da piangere.

Sapeva benissimo che, se fosse ricorsa a sua madre, Ludovica l'avrebbe sottoposta a un interrogatorio serrato per farsi raccontare il motivo della partenza. Ma lei non voleva farle sapere di avere una storia con il figlio dei guardiani della villa di Portofino.

Dove arriva lei, semina il disastro, si disse, sentendosi destinata dalla sorte al ruolo di madre vergine e di triste zitella che avrebbe ignorato per sempre le gioie dell'amore.

Fu colta da lampi d'odio non solamente nei confronti di sua madre e di Cristina, sua suocera, ma anche del marito al quale si era votata fin dall'infanzia.

Lo odiò per averla resa madre in una delle rarissime volte in cui avevano fatto l'amore, senza trarne alcun piacere.

Riprese in mano il cellulare per telefonare ad Alberto e comunicargli che il loro progetto del fine settimana insieme era andato a monte, ma arrivò una chiamata di Andreina.

«Volevo dirti subito che, in questo momento, il mio parroco non ha una domestica che faccia per te. Conosce una filippina davvero fidata, ma è andata al suo Paese per Natale e, a quanto ne sa, tornerà in Italia solamente in primavera. Se vuoi, posso parlarne alla Pina. Lei potrebbe avere qualche ora libera al pomeriggio e...»

Smise di parlare perché dall'altra parte giunse il suono di un singhiozzo. Allora domandò: «Maria Sole, stai piangendo?»

«Lasciami perdere, sono in crisi», gemette.

«Non ci penso proprio. Voglio sapere che cosa ti succede.»

Maria Sole l'aggiornò velocemente sulle sue disavventure domestiche e fu spiazzata dalla tranquillità dell'amica che commentò: «Qual è il problema? Hai tutto il diritto di goderti due giorni in compagnia di Alberto. La mia Adele, che conta le settimane che mi separano dalla nascita del mio bambino, muore dalla voglia di spupazzarsi un cucciolo. Tu ce lo porti a casa con tutta l'attrezzatura e ti godrai il tuo weekend romantico».

5

INTANTO, a Siena, la cena di gala del convegno di cardiologia si era conclusa e, lentamente, la sala da pranzo si stava svuotando.

Le hostess facevano il giro dei tavoli per assicurarsi che gli ospiti non avessero dimenticato oggetti o documenti.

Gloria volle verificare un'ultima volta che fossero state organizzate perfettamente le partenze dei relatori, controllando persino gli orari dei treni e dei voli.

Raccolse la documentazione per liquidare i compensi delle hostess e, infine, si ritirò nella sua camera.

Sul tavolo del salottino trovò un bouquet di minuscoli fiori bianchi e gialli, con un bigliettino. Lesse: «È il mio modo di accompagnarti dolcemente verso il sonno. Bruno».

Sorrise, mentre si liberava delle scarpette a tacco alto, tanto belle quanto scomode.

Gli rispose con un messaggino: «Ricambio il tuo pensiero con un abbraccio virtuale. Buonanotte. Gloria».

Nel giro di un secondo le arrivò sul cellulare l'emoticon di un cuore palpitante.

Sospirò pensosa. Poi entrò in bagno, fece una lunga doccia lasciandosi piovere addosso confortanti getti d'acqua caldissima. Infine si infilò nel letto e, prima di rimettere in carica il telefonino, controllò gli ultimi messaggi non letti.

Il primo era di Sergio che le augurava la buonanotte. Era a Berna e il giorno seguente sarebbe arrivato in Francia. Le parole tenere del suo compagno la precipitarono dalla vetta del sogno nella realtà.

Per tutta la sera si era dimenticata di essere legata a un uomo serio e affidabile che, giorno dopo giorno, le manifestava il suo affetto incondizionato.

Si sentì una sciacquetta svenevole, quasi ridicola, se considerava di essere una quarantenne con comportamenti da adolescente.

D'impulso rispose: «Ho concluso da poco una giornata sfibrante. Ora sono finalmente a letto e, come ti ho detto, domani torno a casa. Buonanotte anche a te, Sergio caro».

Subito dopo lesse un messaggio di Bruno: «Dormi?»

«No», rispose d'impulso.

Si pentì della risposta e spense subito il cellulare.

Si girò e rigirò nel letto come un'anima in pena.

Infine si alzò e uscì dalla stanza, entrò nel salottino,

aprì la porta che si affacciava sul corridoio deserto. La camera di Bruno era sul suo stesso piano, poco distante dalla sua.

Lo sapeva perché, nel pomeriggio, aveva controllato la piantina delle stanze occupate dai congressisti.

Nell'istante in cui mise piede nel corridoio le venne incontro un uomo in pigiama.

«Venivi da me?» sussurrò Bruno, stupito.

«Venivi da me?» replicò lei, altrettanto sorpresa andandogli incontro.

In quel momento alle loro spalle sentirono il *clack* delle porte delle loro stanze che si chiudevano.

E nessuno dei due aveva avuto l'accortezza di prelevare la carta magnetica che apriva la serratura.

Si guardarono smarriti e sbottarono in una risata.

«E adesso?» domandò Gloria.

«Adesso scendo e mi faccio dare due chiavi di scorta. Tu rimani dove sei.»

Lo guardò avviarsi a piedi nudi. Indossava una maglietta bianca e i pantaloni di un pigiama blu.

Anche lei era a piedi nudi e in una tenuta notturna quasi identica.

Il medico risalì con un fattorino dell'albergo che aprì subito la porta della camera di Gloria. Lei sgusciò nella sua stanza senza salutare Bruno, con un senso quasi di sollievo, perché quella notte la sorte le aveva impedito di commettere un errore di cui si sarebbe pentita.

Il mattino seguente, non appena riattivò il cellulare, ricevette una chiamata di Vieri.

Stava decisamente meglio. «La febbre è scesa, respiro bene, ma sono senza forze. Ieri è passato a trovarmi il cardiologo del Monzino, di cui mi sfugge il nome. Ho dei vuoti di memoria pazzeschi, in questo momento», le disse.

«Si chiama Arconati. Quando l'ho informato che eri stato ricoverato, ha parlato con i medici dell'ospedale e mi ha subito rassicurata.»

«Raramente ho incontrato un dottore così empatico. L'ho rivisto poco fa e mi ha già spiegato che mi tratterranno ancora per alcuni giorni. Comunque, a Siena ho un cugino che oggi verrà al *Continental* per liberare la mia stanza e porterà via anche la mia auto. Così, per quanto riguarda l'hotel è tutto a posto. Dimmi come si è concluso il convegno.»

«È filato tutto liscio. Quindi, caro Vieri, mettiti tranquillo. Pare sia meglio che io ti stia a distanza. Firmerò i conti dell'hotel e farò spedire la fattura al nostro ufficio. Rientro subito a Milano e ti aspetterò in agenzia quando sarai completamente ristabilito. Posso fare qualcosa per te, prima di partire?» gli domandò con sollecitudine materna.

«Fai avere un pensiero di gratitudine da parte mia al dottor Arconati», le chiese.

«Spiegati meglio.»

«Non so che cosa si regala a un uomo. Una pianta?

Una cassetta di Montalcino doc? Biglietti per una partita di calcio? Non ne ho idea, perché non lo conosco.»

Gloria stette in silenzio per alcuni secondi mentre si diceva che non lo conosceva abbastanza nemmeno lei per scegliere un regalo. Si domandò come potesse provare un'attrazione tanto forte per un uomo di cui non sapeva quasi nulla. Tuttavia era esattamente questo ciò che le era successo. Lo desiderava perché era gentile, perché le piaceva il suo profumo, perché la sua voce le regalava strani brividi, perché il suo sguardo aveva il potere di sciogliere i nodi della tensione costante e la invitava ad abbandonarsi a lui senza riserve.

Infine disse: «Lascia perdere, Vieri. Questi medici ricevono di tutto e di più dai loro pazienti. Forse un libro, ma non conosco i suoi gusti. E poi si è interessato a te per fare un favore a me. Tu pensa a guarire e dammi notizie ogni sera».

«Grazie, Gloria. Tu tienimi informato sulle novità dell'agenzia», rispose lui.

Lei scese a fare colazione, regolò le questioni economiche con la contabilità dell'hotel e poi salì in camera a preparare il bagaglio.

Quando si presentò al portiere per restituire la chiave magnetica e chiedere che le venisse portata la sua auto, ricevette una busta indirizzata a lei. L'aprì e lesse il messaggio di Bruno: «Questa notte, il caso ha voluto risparmiarti i sensi di colpa. Francamente, mi dispiace. Ti amo, rondinella».

6

Di ritorno da Siena, Gloria si fermò a casa dei genitori.

Trovò anche suo fratello che stava sorseggiando il caffè nel salotto con sua madre.

«C'è una tazzina anche per me?» domandò Gloria, offrendo a Carmen il bouquet di fiori che le aveva regalato Bruno.

«Elleboro bianco e giallo», osservò la donna piacevolmente colpita dall'insolito omaggio della figlia. E subito scagliò la frecciatina inevitabile per il suo carattere burbero: «Hai qualcosa da farti perdonare?»

«Ha ragione papà: sei insopportabile», sbottò Ernesto in difesa della sorella: «Per te, a pensar male non si sbaglia mai».

Carmen offrì il caffè alla figlia.

«Papà dov'è?» domandò Gloria.

«Nel suo studio. Non so se sta riposando oppure è alla

scrivania a risolvere i suoi giochini matematici», rispose la madre.

«Vado a salutarlo e poi scappo a casa mia», disse Gloria.

Invece il professore stava beatamente sdraiato sul divano a leggere l'ultimo romanzo di Ken Follett.

«Ciao papà. Ti disturbo?» gli domandò in un sussurro, mentre si chinava su di lui e gli posava un bacio sulla fronte.

«Ti ho sentita arrivare. Sarei venuto di là, ma quei due stanno pianificando di mandarmi a Sanremo per ritemprarmi, e non avevo voglia di stare ad ascoltarli.»

Gloria gli si sedette accanto e commentò: «Non mi sembra una cattiva idea. Con l'aria inquinata di Milano, una boccata d'ossigeno lungo la passeggiata dell'Imperatrice non ti farebbe certo male».

«Io in quel cimitero di elefanti non ci vado. I figli hanno la mania di spedire lì i loro vecchi, tanto per mettersi in pace la coscienza. Odio la vita d'albergo, le chiacchiere insulse con gli altri anziani. Non tollero i figli che considerano i genitori alla stregua di idioti da gestire a loro piacimento.»

«Io non la penso così», replicò lei.

«Parlo di Ernesto, che è tutto felice perché ha tanto lavoro e porta a casa valanghe di quattrini. Pensa che, mentre eravamo a tavola, diceva che mai, come quest'anno, ha avuto da gestire una moria così elevata di vecchi.

E più la gente muore, più lui porta a casa soldi. Bel mestiere che si è scelto!» deplorò l'uomo.

«Papà, non se l'è scelto. Gli è stato imposto dalla tua dolcissima nuora», lo corresse Gloria.

«Già, la tua adorabile cognata», ironizzò l'uomo. «Io tocco ferro ogni volta che la vedo», soggiunse.

Gloria si fece una bella risata e sussurrò: «Come darti torto? Il suo non è il lavoro più bello del mondo. Però hai me che, invece di un'agenzia di pompe funebri, ho scelto un'agenzia di eventi mondani», soggiunse.

«Per fortuna. Com'era Siena?»

«Suggestiva. Come sempre.»

«Perché non ti sei fermata lì per un paio di giorni?»

«Perché ero ansiosa di vedere il mio papà», lo adulò con un sorriso affettuoso.

Poi lo abbracciò e disse: «Adesso vado a casa mia, così mi riposo un po' e, più tardi, passo a salutare mio suocero».

«Sei proprio una brava ragazza. Lo sei sempre stata e Sergio è molto fortunato ad averti come compagna», osservò lui.

Gloria non replicò perché pensava che, forse, Sergio non era così fortunato come lui credeva.

«Ma tu, a mezzogiorno, hai mangiato?» domandò Carmen, quando la figlia tornò in salotto, interrompendo le chiacchiere tra lei e il figlio.

«Come potevo, avendo fatto tutta una tirata da Siena a Milano?» rispose.

«E hai bevuto il caffè senza avere mangiato. Ti preparo un piatto di pasta?» le propose sua madre.

«Lascia stare. Non ho fame e ho fretta di andare via. Quanto alla vostra idea di Sanremo, è meglio se lasciate perdere, perché papà non ha nessuna voglia di andarci e, poiché è perfettamente in grado di intendere e di volere, credo che la sua volontà debba essere rispettata.»

«Però un mesetto al mare io l'avrei fatto volentieri, tanto più che le mie amiche, in inverno, vanno in crociera, mentre io sono sempre inchiodata a questa casa», brontolò Carmen.

Ernesto era sul punto di congedarsi. La sorella pure.

«Devo scappare, ho tre funerali da pianificare.»

«Evviva!» esultò Gloria con malcelata ironia.

«Va bene così, credimi», affermò il fratello.

Mentre lasciavano insieme l'appartamento dei genitori, Gloria gli domandò: «Dimmi la verità, Ernesto. Non ti sei mai pentito di aver accettato di entrare in società con quel beccamorto di tuo suocero?»

«Senti, con l'aria che tira in questo Paese, un imprenditore è fortunato se il suo business funziona ancora. Il mio va alla grande. In questo periodo, poi, non abbiamo nemmeno problemi di concorrenza, perché ci sono morti continue. Posso sembrarti cinico, ma la morte non l'ho inventata io e, come per i matrimoni, la gente non bada a spese per i funerali. Certo, farei più volentieri il wedding planner, ma si dà il caso che mio suocero avesse un'impresa che stava languendo e, se non fossi subentrato io, sarebbe andata a rotoli», spiegò Ernesto mentre erano in ascensore.

«È pazzesco pensare che il dolore di molti possa rappresentare un guadagno per i pochi che lo gestiscono. Dove sono finiti i nostri sogni, fratello caro?» ragionò Gloria.

Stavano percorrendo l'atrio del palazzo per uscire sulla via.

«L'hai detto: erano sogni. Poi ti scontri con la realtà, con una famiglia da mandare avanti, con i figli da crescere, con le spese che tutto questo comporta. E allora familiarizzi con alcune verità che, nel mio caso, si riassumono in una frase: 'Il morto è un guadagno garantito'. Sembra terribile da dire, ma è esattamente così», replicò lui.

«Ma certo, andiamo avanti a giustificare il cinismo che regna sovrano nel mondo della sofferenza, per cui il malato deve fare business, altrimenti lo abbandoni a se stesso, perché non incrementa i dividendi degli azionisti. E allora giustifichiamo la sanità privata e la favoriamo a scapito di quella pubblica. Giustifichiamo le mazzette che passano di mano in mano quando corrompi il personale ospedaliero perché ti segnali il moribondo, in modo da arrivare prima degli altri ad accaparrarti il funerale. E sei tutto contento per questa morìa di vecchi che incrementa i tuoi guadagni.»

Erano ormai sulla strada e Gloria si era abbandonata al suo sdegno.

Il fratello la bloccò e la fronteggiò preoccupato.

«Gloria, che cosa ti succede? Stai improvvisando un comizio per rimproverare me e il resto del mondo. Perché?»

A quel punto lei scoppiò in lacrime, appoggiò il viso sul petto del fratello e prese a singhiozzare.

«Sono incazzata con me stessa. Scusami! Tu non c'entri», balbettò.

«Che cosa ti sta capitando?» si preoccupò Ernesto.

«Lascia perdere», rispose Gloria, asciugandosi il viso.

«Non lascio perdere. Adesso mi racconti tutto.»

Lei aprì la portiera della sua auto e lui salì in macchina, piazzandosi al suo fianco.

«Vuota il sacco», le ordinò.

«Non sono più innamorata di Sergio», confessò sottovoce.

«Dopo vent'anni di convivenza, gli ardori si spengono. È normale», osservò lui.

«Gli ardori, li ho per un altro!»

«Oh, Gesù. Che guaio!»

«L'hai detto. E adesso, come ne vengo fuori?» gli domandò, sperando che il fratello avesse una bacchetta magica per cancellare la sua infatuazione.

7

CARLOTTA aveva lavorato tutta la mattina con il collega Angelo Venosta per una causa civile promossa da un importante marchio dolciario contro un concorrente, altrettanto importante, che aveva messo sul mercato un prodotto di largo consumo, copiando la ricetta del loro cliente.

I giovani praticanti dello studio legale Crespi-De Gasperi-Valli avevano lavorato a lungo per documentarsi sull'argomento per il loro cliente che, da questa rapina, perdeva giornalmente guadagni ingenti.

Lunedì sarebbero andati insieme, lei e Angelo, davanti al giudice del Tribunale di Milano a presentare le prove dettagliate della frode.

Alle due di quel sabato pomeriggio avevano concluso il lavoro e Carlotta aveva deciso di concedersi un'ora rilassante dal suo parrucchiere.

Non aveva ancora pranzato, ma si sarebbe accontentata di un toast.

«Benvenuta, avvocatessa», la salutò Roberta, l'addetta al ricevimento, vedendola comparire nel salone.

«Bentrovate, ragazze. Voglio una piega da sballo», sorrise lei, mentre Laura, la titolare del salone, l'aiutava a liberarsi del cappotto blu in doppio cachemire e un'altra ragazza le porgeva la vestaglia bianca, scortandola verso lo spogliatoio.

Gloria entrò per togliersi la giacca del tailleur e il maglione a collo alto.

«Cielo, l'amante di mio marito», disse una donna che stava uscendo dallo spogliatoio.

L'avvocatessa ebbe un sussulto, riconobbe la signora e, con la prontezza di reazione che le veniva dalla consolidata esperienza forense, replicò con un sorriso: «Cielo, la ex moglie del mio fidanzato».

«Le ricordo che, fino al pronunciamento della sentenza di divorzio, io sono ancora la signora Corbetti», sibilò l'altra.

«E se la smettessimo con queste battute da vaudeville?» propose Carlotta con un sorriso soave, osservando con occhi spietati Luisa Belgrado, erede di una famiglia di imprenditori che possedevano numerose cliniche private sia in città sia in altre località del Paese.

«Perché mai dovrei smettere, visto che la cosa mi diverte?»

«Perché siamo donne e ognuna di noi ha la sua storia. Le sembrerebbe carino se io le domandassi come vanno le cose tra lei e De Dominici? Sappiamo entrambe che lui ha una giovane moglie, la povera Silvia Solbiati, che piange calde lacrime. Mi dia retta, signora Belgrado: io non voglio farle la guerra. Non la faccia nemmeno lei, perché non le conviene», sussurrò Carlotta offrendole un sorriso radioso.

La donna raddrizzò le spalle, spinse il petto in fuori e, passandole accanto, sibilò: «Stronza!»

Se ne andò sbattendo la porta e Carlotta scosse il capo sconsolata, dicendosi che troppo spesso le donne sono le peggiori nemiche di se stesse. Non hanno un briciolo di fiducia nelle loro capacità e diventano cattive, dimenticando una qualità di cui la natura le ha dotate: la gentilezza, appunto.

Che la piccola, ma altrettanto perfida, Silvia Solbiati stesse piangendo, lei lo sapeva bene, perché in dicembre si era rivolta al suo studio legale intenzionata a divorziare dal marito, Fabio De Dominici. Il loro non era un matrimonio d'amore, ma un legame che sanciva il patto di non concorrenza tra le loro famiglie, i Solbiati e i De Dominici, grandi costruttori immobiliari. Un po' come accadeva un tempo tra le case regnanti che si imparentavano per non farsi la guerra.

A indispettire la giovane moglie era il fatto che il marito sembrava essersi innamorato davvero di Luisa Belgrado, una donna di scarsa avvenenza ormai prossima ai cinquantacinque anni, e facesse così poco per nasconderlo. Mentre Silvia Solbiati, da sempre innamorata del guardiacaccia della tenuta di famiglia in Brianza, era costretta a nascondere questo sentimento perché non era socialmente accettabile.

Nelle alte sfere della società milanese, il tradimento coniugale era spesso la regola e non scandalizzava nessuno, a patto che l'altro, o l'altra, appartenesse allo stesso ambiente. Ma se ci si innamorava di un cameriere, allora lo scandalo diventava una vergogna.

Carlotta, che era nata in una famiglia umile, capiva le complesse dinamiche delle famiglie importanti, ma non le condivideva, e la malignità ottusa della ex moglie del suo fidanzato la irritava. Tuttavia, quando uscì dallo spogliatoio era tranquilla e si affidò con gioia a Massimo, giovane stilista del taglio, sapendo che la sera, quando avrebbe rivisto Gianni, si sarebbe presentata a lui in tutto il suo splendore di bellissima quarantacinquenne felice e innamorata.

Prima di rincasare nel suo appartamento di piazzetta Duse andò alla gastronomia *Giacobbe* a ritirare la cena per sé e il fidanzato.

Il sabato, Gianni lavorava dal mattino fino al tardo pomeriggio nel consultorio dei frati francescani per curare gratuitamente gli extracomunitari affetti da malattie della pelle.

Capitava che qualcuno di loro tentasse di allungargli qualche spicciolo. Lui ringraziava, rifiutava e, quando poteva, distribuiva pomate e altri medicinali.

La sera, quando raggiungeva Carlotta, era stanco e felice.

Gli piaceva che lei lo accudisse quasi come un figlio e si abbandonava alle sue cure con un piacere infantile. Però, la domenica, era lui a prendersi cura della sua donna che gli era altrettanto grata.

Quella sera, lei non era sulla porta ad accoglierlo e lui ci rimase male. Poi sentì la sua voce che veniva dallo studiolo adiacente la camera da letto. Stava dicendo: «Adesso calmati, perché come ti muovi sbagli. E soprattutto smettila di frignare come una ragazzina scema. Stasera e domani ho bisogno di pensare a me stessa. Tu prenditi una pausa, e non illuderti che il caso decida per te. Io te lo avevo dato il consiglio giusto quando non eri ancora così coinvolta in questa storia. Tu non mi hai ascoltata. Ora ti dico di seguire il tuo cuore che è il consigliere più saggio. Se vuoi, ci vediamo lunedì nella pausa pranzo».

Gianni si dileguò nel bagno evitando di fare rumore, si spogliò e fece la doccia.

Aveva capito che Carlotta era alle prese con i problemi sentimentali di una delle sue amiche.

Di lì a poco, lei lo raggiunse mentre si stava infilando l'accappatoio.

«Evita di vestirti. Ora mi metto anch'io in libertà e poi mangiamo un piatto di trofie con crema di noci e, se ti va bene, amore mio, andiamo a letto a guardare un bel film.»

Era questo che il chirurgo voleva sentirsi dire.

«Sei il mio angelo», le sussurrò, posandole un bacio sul collo.

8

Gianni le prese il viso tra le mani, la guardò negli occhi e bisbigliò: «Sei davvero soddisfatta per il modo in cui hai congedato la tua amica?»

«No», rispose lei, dopo un attimo di riflessione.

«Così va meglio, amore mio. Perché, per un istante, ho temuto di non riconoscere la donna onesta e soccorrevole che amo», la rimproverò con dolcezza.

«Che cosa avrei dovuto fare? Correre da lei?» lo interrogò Carlotta.

«Lo faresti se io non fossi qui.»

Lei annuì.

«E allora, che cosa aspetti a raggiungerla? Questa amica è in crisi. Tu hai la possibilità di aiutarla e temi di contrariarmi lasciandomi solo. Non era questo che ci eravamo ripromessi quando abbiamo deciso di vivere insieme. Sbaglio?»

«Davvero non ti spiace se, per qualche ora, ti lascio solo?»

«Certo che mi dispiace. Ma sarei a disagio se tu restassi con me pensando all'amica, non so quale, che sta soffrendo per amore. Noi due, di queste pene ne sappiamo qualcosa.»

«Grazie, Gianni. Ti amo», sorrise Carlotta, posandogli un bacio sulla guancia.

Mezz'ora dopo, l'avvocatessa Carlotta Biffi suonò il campanello della villetta di via della Sila.

Il cancello sul giardino si aprì e Gloria era sulla soglia di casa.

«Lo sapevo che non mi avresti abbandonata», disse la padrona di casa.

«Infatti, io vinco sempre la lotteria. Potevi chiamare Maria Sole, oppure Andreina. Invece l'ago della ruota della fortuna si è fermato sul mio nome», ironizzò Carlotta.

«Il fatto è che Maria Sole è in Versilia con il suo innamorato», prese a spiegare Gloria.

«Davvero la nostra cucciola si è buttata nell'arena amorosa?» domandò Carlotta incredula e divertita.

«Come no? Sta con quell'Alberto, il figlio dei guardiani di Villa Sans-souci», le raccontò l'altra, sorridendo.

Adesso erano nel vasto soggiorno della villetta, sprofondate in poltrona a sorseggiare una tazza di cioccolata calda.

«Sono felice per lei. Ma disperata per me», disse Gloria.

«Torniamo al punto. Non potevi rivolgerti ad Andreina, invece di coinvolgere me sapendo che la domenica è dedicata a Gianni?»

«Andreina si è presa in casa il piccolo Michele, perché quello stronzo di Mariano è all'estero.»

«Fammi capire. L'accordo, tra Maria Sole e suo marito, prevedeva che lui badasse al figlio quando lei avesse avuto bisogno del suo aiuto», ragionò l'avvocatessa che aveva stilato le clausole relative ai doveri del coniuge separato.

«Ma è successo tutto all'improvviso. Alberto l'ha chiamata, le ha proposto il grande salto nel loro rapporto, e Maria Sole non ha esitato nemmeno un secondo a dirgli di sì. Nota che tutto questo l'ho saputo da Andreina, perché io ero a Siena. Ed è lì, a Siena, che ho rivisto Bruno Arconati.»

«Oh, siamo arrivate al punto dolente. Che cosa ci faceva a Siena il bel chirurgo?» indagò l'amica, incuriosita.

«Era lì come relatore di un convegno medico organizzato dalla mia agenzia. Solo che il programma prevedeva la partecipazione del professor Bartorelli, che purtroppo è in ospedale con una gamba fratturata. Il bel chirurgo ha tenuto la relazione al posto del suo capo. Ed è così che l'ho incontrato», spiegò Gloria.

«In questa confusione non sto capendo niente. Una cosa, però, mi è chiara: basta che vi lasci sole per pochi giorni e voi combinate guai», e non sapeva se sorridere o arrabbiarsi.

«Veramente, tra noi quattro, quella disperata sono io che non so da che parte stare. Vorrei essere una compagna fedele per Sergio e vorrei buttarmi tra le braccia di Bruno. Mi sembra di impazzire», sbottò Gloria, con aria afflitta.

E, poiché Carlotta taceva, le rinfacciò: «Del resto, sei stata tu a suggerirmi la prova del nove».

«Quella era una battuta scherzosa, scaturita dall'evidenza che tu avevi una voglia matta di andare a letto con lui. Ma io ho buona memoria e ti ricordo che, già a Natale, ti avevo detto di evitare di incontrarlo fuori dall'ambito ospedaliero. Comunque, ho capito che a Siena hai saltato il fosso e adesso devi vedertela con i tuoi sensi di colpa.»

«Ma quale fosso? Io non ci sono andata a letto. Non perché non lo desiderassi, ma perché ci siamo ritrovati entrambi in pigiama, in piena notte, nel corridoio dell'albergo senza la possibilità di entrare nelle nostre stanze, dal momento che eravamo rimasti chiusi fuori», spiegò lei.

«Aiuto! Continuo a non capire. Secondo me ti sei completamente rincretinita.»

Per tutta risposta, Gloria proruppe in un pianto incontenibile.

«Oddio, scusami! Sei davvero ridotta male, povera bambina», disse Carlotta, porgendole un fazzolettino di carta, mentre le accarezzava i capelli.

Allora Gloria le raccontò singhiozzando quello che era accaduto durante la notte al *Continental* e concluse: «A quel punto, non abbiamo combinato niente. Ma sappiamo entrambi che alla prima occasione faremo l'amore... e io mi sento un verme nei confronti di Sergio».

Carlotta si fece seria. Si alzò dalla poltrona, portò in cucina le tazze della cioccolata e le mise nel lavello. Poi prese a misurare a passi lunghi e lenti il perimetro del soggiorno, osservando di sottecchi Gloria che si era raggomitolata sulla poltrona e teneva la fronte reclinata sulle ginocchia.

Infine sedette sul bracciolo della poltrona dell'amica e le disse in un sussurro: «Io credo che tu sia nel pieno di una forte depressione».

«Lo so», affermò Gloria. «E non so come uscirne.»

«Hai bisogno di aiuto. Ti serve un bravo psicoterapeuta che sappia ascoltarti e guidarti fuori dal buio», disse ancora Carlotta, accarezzandole la schiena.

«Tu dici?»

«Ne sono certa. Conosco uno psicologo serio che era riuscito a fare un buon lavoro con un collega nel mio studio, quand'era andato in crisi con sua moglie.»

«E adesso questo collega come sta?» s'informò l'amica.

«Ha lasciato la moglie, ha perso venti chili, va regolarmente in palestra, è diventato un fusto strepitoso e ha una fidanzata bellissima», elencò Carlotta.

«Come si chiama il genio che ha operato il miracolo?» domandò Gloria.

«Pierfilippo Raimondi. Riceve nel suo studio in via dei Giardini. Posso darti il suo numero di telefono, se vuoi.»

«Grazie, è importante sapere che, nel caso, ci sia qualcuno che può aiutarmi», disse Gloria.

In quel momento trillò il cellulare di Gloria. Era Sergio che la chiamava per augurarle la buonanotte, e l'avvocatessa ne approfittò per recuperare il suo cappotto, fare un cenno di saluto all'amica e andare a casa.

Gianni, il suo compagno, era a letto e dormiva profondamente.

Carlotta si preparò per la notte, sentendosi in pace con se stessa e con il resto del mondo.

9

La camera da letto sembrava una bomboniera. Le pareti tirate a stucco di un azzurro molto intenso contrastavano con le tende bianche di tulle ricamato a disegni floreali del letto a baldacchino. I cuscini bordati di pizzo e un profumo di borotalco creavano un'atmosfera di quieta intimità.

Maria Sole e Alberto dormivano abbracciati.

L'eco tenue di uno scampanellio svegliò l'uomo, che si alzò, indossò l'accappatoio bianco posato su una poltroncina, uscì dalla camera, attraversò il salotto e aprì la porta al cameriere in marsina bianca.

«Buongiorno signore, la colazione delle otto», disse.

Alberto si fece di lato per consentirgli di entrare con il carrello.

Prese alcune monete che erano su un cassettone, le diede al cameriere e lo congedò.

Tornò in camera, si accostò al letto e stette lì a osservare la sua deliziosa compagna che continuava a dormire, domandandosi se fosse il caso di svegliarla.

Si chinò su di lei e sentì il suo respiro lieve e regolare.

Le accarezzò una spalla nuda e spostò con delicatezza una lunga ciocca inanellata dei suoi capelli biondi.

Maria Sole aprì gli occhi, mise a fuoco il viso di Alberto, schiuse le labbra in un sorriso e disse: «Ciao».

«In salotto è pronta la colazione. Vuoi alzarti o preferisci continuare a dormire?» le domandò in un sussurro.

«Ho ancora sonno, ma ho anche fame», rispose lei, alzò le braccia e si stiracchiò.

«Ti aspetto di là», disse Alberto.

Consumando la colazione, Maria Sole sussurrò: «Sono felice».

«Lo sono anch'io», affermò lui, le prese una mano e la sfiorò con un bacio. Bevve un sorso di caffè biondo, molto aromatico, e disse: «Devo chiedere quale miscela usano, perché non ho mai bevuto un americano così buono».

«Ti piace tanto perché siamo felici», disse lei sorridendo.

Continuarono a spilluzzicare la crostata alla marmellata di amarene, guardandosi negli occhi.

«Pensi che sarà sempre così?» gli domandò Maria Sole.

«Parli della colazione?» replicò Alberto con tono scherzoso.

«Mi riferisco a noi due, scemo!» rise lei.

«Sì, se faremo in modo che lo sia. Godere della presenza reciproca richiede un impegno continuo. E noi dobbiamo coltivare questo amore anche quando verranno momenti difficili, perché verranno, te lo garantisco.»

«Ma oggi non voglio pensarci. Lasciami vivere fino in fondo la meravigliosa scoperta di fare l'amore con un uomo di cui sono innamorata. Sono stata una stupida troppo a lungo, perché ti ho avuto sotto gli occhi da sempre, fin da quando ero bambina, ma per me eri solamente il figlio di Paolo e di Angelina, il compagno di mio fratello Filippo nei lunghi mesi estivi che trascorrevamo a Portofino. Eri il ragazzo che aveva salvato la vita a me e Mariano, quando eravamo bambini e stavamo per affogare nel mare in tempesta. È stato solo dopo la rivelazione dell'omosessualità di mio marito e la conseguente rottura con lui, che mi sono accorta di te. La mia amica Andreina ha avuto la sua parte nel farmi notare quanto tu fossi affidabile e generoso.»

«Io so solamente che eri una bambina smarrita e arrabbiata, ingenua e sprovveduta, desiderosa di quella serenità che nella tua famiglia mancava. Ti guardavo con tenerezza e ti volevo sinceramente bene. Poi ti ho vista crescere e sbocciare come una rosa bellissima e mi rammaricavo per te che ti eri legata a Mariano, senza renderti conto che non era la persona giusta da sposare», disse lui.

«Perché non dici che ero scema? Lo sapevate tutti, tranne me, che lui era gay.»

«Ma a un certo punto sei rimasta incinta e io ho cominciato a dubitare delle apparenze. Avevo creduto di essermi sbagliato sul conto di tuo marito. Del resto, tu eri legatissima a lui da tempo immemorabile. Sembravate una coppia splendida.»

In quel momento Maria Sole si alzò di scatto e rivolse ad Alberto uno sguardo costernato, mentre bisbigliava: «Ma che madre sono? Solo ora mi ricordo di avere un figlio, un povero cucciolo che ho abbandonato in mani estranee».

Si precipitò in camera da letto, afferrò il suo cellulare, che era sul cassettone accanto a quello di Alberto, e digitò il numero di Andreina.

L'amica rispose al primo squillo e lei la aggredì: «Perché non mi hai ancora chiamato? Michele come sta? Ha pianto senza la sua mamma? Devo venire a Milano?»

«Calmati, Maria Sole, Michele sta benissimo con la sua zia Andreina. Stanotte ha dormito come un angioletto e ha cominciato a protestare solamente questa mattina verso le sei, perché aveva fame. La mia Adele era già sveglia e lo ha cambiato e nutrito a dovere. Io sto giocando con lui che si diverte perché imito le sue smorfie e lui ride come un matto. Dimmi di te, piuttosto», replicò l'amica.

«Ma non cerca la sua mamma?» indagò, quasi delusa, Maria Sole.

«Rassegnati, non gli manchi neanche un po', e io ti sono grata perché mi sto allenando, visto che tra quattro mesi nascerà il mio cucciolo. Tu goditi la tua fuga d'amore. Adesso devo lasciarti perché tuo figlio sta cercando in tutti i modi di impossessarsi del cellulare», la liquidò e chiuse la comunicazione.

Lei stette lì con il telefonino ancora incollato all'orecchio, i gomiti appoggiati al cassettone.

Due braccia forti le circondarono le spalle. Lei sorrise.

«Adesso sei tranquilla?» le domandò Alberto, baciandole la nuca.

«Scusami. Mi ero sentita in colpa per essermi quasi dimenticata di avere un figlio.»

«Purtroppo, questo è l'effetto che faccio alle donne che mi stanno accanto», sospirò lui, con finto rammarico.

«Dai, Casanova, fammi finire la colazione», scherzò Maria Sole, sciogliendosi dal suo abbraccio e tornando in salotto.

Mentre sorseggiavano un'ultima tazza di caffè, Alberto disse: «Abbiamo ancora tutta la giornata per stare insieme...»

«E un'altra notte, poiché partiremo lunedì», aggiunse lei.

«Quindi, che cosa vorresti fare questa mattina? Fuori c'è il sole e una temperatura di nove gradi. Nella nostra stanza c'è la penombra e una temperatura di ventidue gradi. Che cosa scegli?»

«Non lo so. Tu che cosa proponi?»

«Non usciamo da qui e ci facciamo servire pranzo e cena in camera fino alla partenza di domani.»

«A me va bene. Quindi, torniamo a letto», sorrise Maria Sole, mentre pensava che fare l'amore con Alberto era troppo bello per sprecare il poco tempo che avevano a disposizione.

10

«MARIA Sole, Mariano ti sta chiamando sul cellulare», disse Alberto, alzando la voce per farsi sentire, dal momento che la sua innamorata era sotto la doccia e si lasciava sferzare dal getto dell'acqua caldissima che la avvolgeva in una nuvola di vapore.

«Digli che lo richiamo tra poco», rispose lei.

Lui posò il cellulare sul cassettone, dove lo aveva trovato, e aspettò che gli squilli cessassero.

«Che cosa voleva?» domandò lei, poco dopo, presentandosi nella stanza in accappatoio, i capelli avvolti in una salvietta annodata come un turbante.

Lui era seduto in poltrona, accanto alla finestra che dava su un terrazzo, e leggeva un quotidiano locale consegnato con la colazione.

«Non lo so, perché mi sono ben guardato dal rispondere», replicò tranquillamente.

«Guarda che non ho nessuna intenzione di nascondergli il nostro rapporto», affermò lei, afferrando il cellulare.

«Questo lo so, ma è il tuo ex marito e devi vedertela tu con lui», dichiarò Alberto con fermezza.

«Sei proprio un ligure tignoso», brontolò lei, mentre digitava il numero di Mariano.

Lui le regalò un sorriso radioso e non fece commenti.

«Ero sotto la doccia e non potevo rispondere», esordì Maria Sole non appena sentì la voce di Mariano.

Alberto uscì dalla camera e si isolò in salotto, perché lei potesse parlare liberamente.

Lei lo raggiunse poco dopo e gli posò un bacio lieve sulla guancia sussurrando: «Mariano è sempre stato molto discreto, un vero gentiluomo. Non mi ha chiesto dove sono, né con chi. Nel pomeriggio va a prendere il bimbo da Andreina e starà con lui fino al mio ritorno».

«Mariano è una persona per bene», convenne Alberto.

«Per questo lo rispetto», disse lei, dandogli una carezza.

«Allora, al rientro a Milano, ti lascerò davanti al portone del tuo palazzo. Quando rivedrò Mariano, dovrà essere in un contesto neutro. Sei d'accordo?»

«Apprezzo la tua discrezione e la condivido, amore mio», affermò lei, abbracciandolo. Poi si esibì in un sorriso accattivante e sussurrò: «Io torno a letto. Tu che cosa fai?»

«Ti seguo, anima mia. È impossibile resistere a un

invito tanto piacevole», replicò Alberto raggiungendola sotto le coperte.

«Aspetta a dirlo, perché vorrei che mi parlassi di te.»

«Spiegati meglio», si insospettì Alberto, mentre si rizzava a sedere, sistemando i cuscini dietro la schiena. E così fece Maria Sole.

«Tu sai tutto di me. Io sono un libro aperto con contenuti poco avventurosi. Ma tu, chi sei? Quante donnine mi hanno preceduta? Com'è stato il tuo rapporto con loro? Quale hai amato di più? Qualcuna ti è stata infedele? Quali di loro hai lasciato e chi ha lasciato te? Insomma, Alberto, hai capito che cosa voglio», lo spiazzò Maria Sole.

«Ragazzina, mi stai sottoponendo a un interrogatorio?» reagì lui, alzandosi dal letto e andando a sedersi sulla poltrona accanto alla finestra.

Lei sorrise divertita e dichiarò: «Proprio così. È arrivato il momento della confessione, figliolo».

«Perché proprio adesso, quando pregustavo il piacere di fare l'amore?» sbottò Alberto, irritato.

Maria Sole si alzò dal letto, indossò la vestaglia, sedette sul bracciolo della poltrona e gli disse: «La notte scorsa ho appagato la mia curiosità di fare l'amore con un uomo vero, ed è stata la fine del mondo, per una come me che è riuscita a diventare madre ignorando le gioie del sesso. Per fortuna, dalla notte scorsa, è come se la mia mente si fosse all'improvviso rischiarata. Vedo tutto con lucidità e lo devo a te che hai saputo amarmi davvero. Adesso non posso più tenermi dentro domande senza risposta. E voglio sapere di te. Sono troppo indiscreta?»

Lui si intenerì e le sorrise.

«Vieni qui, cucciolina», le sussurrò, prendendola per la vita e mettendola sulle sue ginocchia. Affondò il viso nel suo seno, lo coprì di baci teneri, avvolto dal profumo della sua pelle.

«Ti amo davvero, bambina mia», bisbigliò.

«Vorrei tanto che tu fossi l'uomo della mia vita», disse lei.

«Lo sarò. Ti ho aspettato a lungo, e ne è valsa la pena. Io non ti lascio più, amore mio», sussurrò guardandola con occhi ridenti e commossi.

«Ma non ti sposerò, se prima non mi avrai raccontato tutto di te», insistette lei, divertita ma decisa.

«Sarò un libro aperto. Ma lascia che le cose vengano piano piano, giorno dopo giorno. Adesso, per queste ore che ci restano da trascorrere insieme, non ho voglia di parlarti delle mie avventure perché le ho relegate su un pianeta distante anni luce dal nostro presente.»

«La mia è gelosia retroattiva, perché avrei voluto esserci io al posto loro», ammise.

«Solo che tu eri leggermente impegnata con tuo marito. Sbaglio?» chiese lui.

«Basta così, Alberto. A questo punto, ci prendiamo

una breve pausa. Usciamo, camminiamo un po' sul lungomare, pranziamo in un ristorante possibilmente tranquillo e poi torniamo qui a farci tante coccole», propose lei, di slancio, liberandosi dal suo abbraccio.

Mentre passeggiavano, fermandosi di tanto in tanto per darsi un bacio come due adolescenti innamorati, lui le prese il viso tra le mani, la guardò negli occhi con intensità e dichiarò: «Lo sai che oggi sei più bella del solito?»

«Anche tu», affermò lei con tenerezza.

Erano giovani, belli, felici, racchiusi dentro un'iridescente bolla di sapone e fluttuavano nell'aria.

Tornarono a Milano la mattina seguente.

Alberto fermò l'auto davanti al palazzo milanese di via Leopardi, dove abitava Maria Sole.

Scesero dalla macchina e lui l'accompagnò al portone.

«Sono contenta di ritrovare mio figlio e sono triste di dovermi separare da te», sussurrò lei guardandolo negli occhi.

«Io sono solo triste, perché non ti rivedrò fino al prossimo fine settimana.»

Si diedero una carezza, lei lo lasciò ed entrò nell'androne, mentre alle sue spalle si chiudeva il portone su due giornate e due notti bellissime a cui avrebbe ripensato fino al prossimo incontro con il ragazzo del suo cuore.

Salì con l'ascensore. Mariano era davanti alla porta del loro appartamento e teneva Michele tra le braccia.

Quando la vide, il piccolo prese a sorridere, protendendosi verso di lei. Lei lo strinse al petto e abbracciò anche Mariano sussurrandogli: «Grazie, amico mio».

11

«Non vedo l'avvocatessa Biffi», osservò la signora Pia Mantovani, la proprietaria del ristorante di piazza Novelli, accogliendo Maria Sole, Andreina e Gloria.

«Carlotta, se potrà, ci raggiungerà più tardi», spiegò Gloria mentre seguivano la padrona di casa verso la saletta Ottocento, la piccola stanza dove erano solite riunirsi le quattro amiche ogni giovedì sera per mangiare e chiacchierare in libertà, isolate dagli altri clienti del locale.

«Va tutto bene?» domandò la donna, spiazzata da quella defezione, perché non era mai successo che un'amica mancasse all'appuntamento settimanale.

Sette mesi prima era accaduto che, durante la cena, Maria Sole, ormai prossima al parto, perdesse le acque. Interruppero il pasto e le amiche seguirono l'ambulanza che partì a sirene spiegate verso la clinica dove, poche ore dopo, nacque il piccolo Michele.

In quell'occasione, la signora Pia coinvolse anche tutti i suoi ospiti in un festoso brindisi per accogliere il nascituro. Il giovedì successivo, la neomamma era di nuovo lì per un nuovo festeggiamento.

«Carlotta sta bene», disse ora Andreina, e spiegò: «Ha soltanto un problema di lavoro».

In realtà era accaduto quello che Carlotta temeva ormai da alcune settimane: l'anziano professor Gianandrea Crespi, fondatore del prestigioso studio legale Crespi-De Gasperi-Valli, era mancato per una grave insufficienza respiratoria, causata da una polmonite virale.

Quel giorno si era svolto il funerale officiato per pochi intimi e, nel pomeriggio, era stata indetta una riunione per il riassetto dei vertici dello studio legale.

In quanto fondatore e presidente, l'insigne docente di diritto societario deteneva la quota di maggioranza dello studio legale e Carlotta, che lo aveva affiancato per quasi vent'anni, occupandosi anche di diritto penale, era già stata designata a succedergli con l'assenso degli altri due soci anziani.

Andreina aveva ricevuto un messaggio da Carlotta: «La riunione va per le lunghe. Cenate senza di me. Vi raggiungerò appena possibile».

Non era il caso di spiegare alla signora Pia la ragione di questa defezione. Non ne parlò neppure con Gloria e Maria Sole. Sarebbe stata Carlotta, in seguito, a raccontare il pesante fardello che le era toccato in sorte.

«Mi fa uno strano effetto ritrovarci qui senza la nostra

amica», esordì Maria Sole affondando la forchetta in un tortellone di magro condito con burro e salvia.

«Stai cercando un pretesto per non parlare di Alberto Canepa?» la sfidò Andreina.

«Quello che ho vissuto lo scorso weekend è una specie di capovolgimento della mia esistenza e, sinceramente, vi ho odiato per avermi lasciato nell'ignoranza più assoluta sui rapporti intimi con i vostri compagni. Io vi frequento da quando avevo diciott'anni. In otto anni, nessuna di voi si è degnata di aprirmi gli occhi quando stavo con Mariano», le rimproverò.

«Non accusare madre, suocera e anche noi, adesso. Per quanto mi riguarda, esiste anche il pudore di non scendere nei particolari quando raccontiamo le nostre gioie o le nostre pene d'amore», protestò Andreina.

«È colpa mia, lo so. Certo che, se avessi avuto l'ombra di un sospetto sulla mia vita intima con Mariano, qualche domanda ve l'avrei fatta. Ora, con il senno di poi, mi rendo conto del senso di frustrazione che provavo quando, raramente, facevo l'amore con mio marito. Era una faccenda di pochi attimi, che mi lasciava addosso il vuoto e un senso di vergogna, perché lui si alzava dal letto e si rifugiava nello studio, lasciandomi sola. Ora so tutto quello che ho perso in tanti anni di fidanzamento e di matrimonio con un uomo che non era tale. Alberto è stato dolcissimo con questa madre vergine, e i due giorni trascorsi con lui mi hanno spalancato orizzonti meravigliosi. Sono felice, amiche mie, così felice che vorrei abbracciarvi tutte, compresa Carlotta che questa sera mi manca moltissimo», disse Maria Sole.

«Non è tutto così roseo», sussurrò Gloria.

«Ti riferisci a Sergio?» indagò Andreina.

«Il migliore dei compagni che una donna possa avere...» ammise lei, senza proseguire.

«Però... Vai avanti», la spronò Maria Sole.

«Adesso sono in trappola se considero la sua onestà e la sincerità dei suoi sentimenti, mentre io non smetto di pensare a Bruno Arconati.»

«Non ti è ancora passata la cotta per il bel dottore?» le domandò Andreina.

«Anzi, si è rinfocolata, poiché sono dovuta correre a Siena per sostituire il mio socio, che doveva concludere un convegno importante organizzato dalla nostra agenzia, perché è stato ricoverato in ospedale. A Siena, tra i relatori del congresso, ho trovato Arconati, bello da perdere la testa e desiderabile più di un ghiacciolo alla menta in piena estate.»

«Che fregatura!» deplorò Maria Sole.

«Quindi avete...» la incitò Andreina.

«Non abbiamo», dichiarò Gloria, desolata.

Non aveva voglia di scendere nei particolari e raccontare l'episodio delle porte chiuse delle loro stanze in albergo.

«Forse ti è andata bene», osservò Maria Sole.

«Ma fino a quando potrai resistergli?» domandò Andreina, pensando al suo rapporto con Bill, che ignorava di essere il padre del bambino che lei portava in grembo.

Quando lui e Andreina avevano dovuto separarsi, dopo il loro fulminante incontro d'amore in Inghilterra, si erano ripromessi di non vedersi più. La loro bellissima avventura doveva chiudersi per sempre, dal momento che Bill era felicemente sposato. Il distacco era stato doloroso, perché si amavano profondamente e l'amore aveva indotto lui a tornare a trovarla in prossimità del Natale, quando lei, che ormai sapeva di aspettare un figlio, gli aveva taciuto la gravidanza per non compromettere il matrimonio del suo innamorato.

Al quinto mese di gravidanza, era ancora determinata a non coinvolgerlo nella sua situazione.

Nelle lunghe mail che le inviava da Boston, dove viveva con la sua famiglia, Bill le diceva che sarebbe tornato in primavera, quando lei non avrebbe potuto nascondergli la verità.

Ora soggiunse, rivolgendosi a Gloria: «La passione non ha niente da spartire con la ragionevolezza. Tra l'altro, dove sta scritto che un uomo e una donna debbano amarsi per tutta la vita? Tu e Sergio state insieme da vent'anni e ora ti sei invaghita di Bruno. E se fosse proprio lui, il bel chirurgo, l'uomo destinato a trascorrere con te il resto dei vostri giorni?»

«Come faccio a saperlo? Dovrei verificarlo. Ma per fare questo, dovrei tradire il mio compagno», disse Gloria.

«Ma perché siete sempre così incasinate?» deplorò Maria Sole.

«Ti aspetti una risposta?» domandarono in coro Gloria e Andreina.

«Io ho una sola certezza: quella di aver scoperto quanto sia esaltante il piacere di fare sesso con un uomo che amo. Ho voglia di gridarlo al mondo. So che sposerò Alberto e non voglio chiedermi se questo amore durerà per sempre. Come non mi chiedo se, andando per la strada, troverò un ladro armato di pistola che potrebbe rapinarmi. Voglio vivere nel presente, amare e sentirmi amata», affermò Maria Sole con un piglio risoluto che spiazzò le due amiche.

La più giovane del gruppo, la più ingenua e sprovveduta, si stava trasformando in una donna sicura di sé.

Carlotta si era affacciata sulla soglia della saletta e aveva colto le ultime dichiarazioni della giovane amica.

«L'amore fa miracoli, ragazze», disse sorridendo.

Andò a occupare la sedia che era rimasta vuota fino a quel momento e domandò: «È rimasto niente per me? Sono stanca, ma soprattutto sono affamata».

12

Carlotta aveva interrotto il chiacchiericcio delle amiche che la accolsero festosamente.

«Tutto bene?» le domandò Gloria.

«Sono qui con voi, dunque tutto bene», annuì lei, allontanando dal viso una ciocca dei lunghi capelli color miele.

Perfettamente truccata e pettinata, elegante nel tailleur pantalone grigio scuro, ravvivato dal candore di una camicetta di seta, sembrava pronta per sfilare su una passerella dell'alta moda. Aveva più di quarant'anni, ma sembrava una trentenne dotata di una vitalità prorompente.

Il cameriere entrò nella saletta spingendo un carrello di vivande. Si fermò e versò in una ciotola di porcellana due mestoli di crema di zucca profumata con alloro e aneto, e la posò sul piatto di Carlotta.

«Posso aggiungere dei crostini di pane appena saltati in olio d'oliva?» le propose.

«La prego», annuì Carlotta.

Le amiche, che erano arrivate al dolce, stettero a guardarla mentre divorava quel cibo caldo e aromatico che loro avevano già gustato.

«Ragazze, che cos'è questo silenzio improvviso?» domandò lei.

«Abbiamo esaurito le nostre futili litanie e aspettiamo che sia tu a raccontarci le novità», disse Andreina.

«Oggi ho salutato per l'ultima volta un grande uomo, il professor Gianandrea Crespi. Gli devo molto, non solo professionalmente, ma anche umanamente. È stato quasi un padre, per me. Quando sono entrata nel suo studio, tanti anni fa, ero appena diventata avvocato, dopo il praticantato in un piccolo studio legale che era al pianterreno del tuo palazzo. Ti ricordi, Andreina?»

«Mi sembra ieri e io avevo solo vent'anni», precisò l'interpellata, ricordando l'automobilista che l'aveva travolta mentre rincasava in motorino dall'università. «Mi avevi soccorsa e poi avevi cavato la pelle al disgraziato che si era dato alla fuga», soggiunse.

«Ed è così che ci siamo conosciute. Come dici tu, sembra ieri», confermò lei.

«Queste cose le sappiamo. Vogliamo che tu ci dica di oggi», intervenne Gloria.

«Ve lo riassumo in poche parole. Da domani, lavorerò nello studio legale che ora porta anche il mio nome, con tanto di targa all'ingresso del palazzo in via Montenapoleone e sulla porta dello studio. L'avvocato De Gasperi sarà il nuovo presidente, Valli sarà l'amministratore delegato e la sottoscritta sarà il direttore», dichiarò Carlotta.

«Sarai la direttrice», corresse Andreina.

«La parola direttrice mi fa venire in mente una mappa stradale. Con tutto il rispetto per i diritti delle donne, ci sono professioni che faccio fatica a declinare al femminile. Secondo i nuovi canoni femministi, io dovrei essere 'avvocata'. Solo la Santa Vergine può essere 'nostra avvocata'. Io non sono né santa né vergine. Se lavorassi il legno, dovrei essere una falegnama? Certe forzature sono stridenti. Se fossi ingegnere dovrei definirmi 'ingegnera' o 'ingegneressa'?» polemizzò Carlotta.

«Sottoponiamo il quesito all'Accademia della Crusca», scherzò Maria Sole.

«Ragazze, potremmo continuare all'infinito. Ma perché dobbiamo stressarci con queste idiozie? Io sono il direttore generale di uno dei maggiori studi legali della nostra città e sono una donna. Ho al mio attivo anni di lavoro duro, tutto quello che ho me lo sono guadagnato, perché nessuno mi ha mai regalato niente e non ho mai avuto santi in paradiso. E sono fiera di essere una donna. Infine, per concludere, oggi è stata una giornata di forti emozioni e di dolore profondo, perché ho perduto un grande uomo che ha sempre creduto in me», concluse e, su queste ultime parole, le sfuggì una lacrima.

«Propongo di ordinare una bottiglia di bollicine e salutare con un brindisi questo grande uomo che se ne è andato», disse Andreina.

Dopo aver reso omaggio all'avvocato Gianandrea Crespi, brindarono alla promozione di Carlotta. Poi fecero un altro brindisi alla nuova love story di Maria Sole, e un altro ancora al bambino che Andreina portava in grembo e, per non trascurare Gloria, brindarono al suo tormentone amoroso che oscillava tra il «povero» Sergio e l'affascinante Bruno Arconati.

A mezzanotte, tranne Andreina che si era limitata a bagnare appena le labbra con lo spumante perché troppo vino poteva nuocere alla sua creatura, le altre tre erano piuttosto alticce e molto allegre.

Presero a ridere di ogni sciocchezza e fecero anche un po' di chiasso, richiamando l'attenzione della signora Pia Mantovani che fece capolino nella saletta e domandò incuriosita: «Va tutto bene?»

«Perché, non si vede?» ribatté Carlotta.

«Più che altro si sente. Per fortuna è molto tardi e gli altri clienti se ne sono andati ormai da un pezzo. Anche il personale vorrebbe tornare a casa. E io annaspo per trovare le parole per... per...» balbettò.

«Per dirci gentilmente di levare le tende», intervenne Andreina, che si affrettò a proseguire: «Credo che questa sia la prima volta che ci siamo sbronzate sul serio. Le chiedo scusa, signora Pia, anche a nome delle mie amiche. Ce ne andiamo subito».

Si alzò dal tavolo, mentre Carlotta, Maria Sole e Gloria continuavano a ridere, pur cercando di trattenersi.

Lei, che era altrettanto allegra, ma sobria, disse: «Signora Pia, chiami tre taxi, per favore. Queste disgraziate non possono tornare a casa con le loro auto».

«È vero, abbiamo ecceduto. Ci scusi tanto, signora Pia. Però abbiamo scoperto quanto è bello essere donne. Siamo molti passi più avanti dei nostri uomini», affermò Maria Sole.

«A me lo dite? Lo sapete anche voi che questo ristorante si regge tutto sulle mie spalle, perché se dipendesse dal mio Otello...» replicò la padrona di casa che, pur amando il marito, ne conosceva i limiti e toccava a lei mandare avanti il locale.

«Questa sera abbiamo fatto le bambine incoscienti e, mi creda, è stato bello perché, per un momento, abbiamo scordato ansie, dispiaceri e tensioni. Meglio di una seduta di psicoterapia. Grazie, cara signora Pia, per averci tollerate», concluse Gloria.

13

L'UBRIACATURA di quel giovedì aveva favorito una notte di sonno profondo. Al mattino, l'effetto dell'alcol era svanito e, con la mente lucida, Gloria ritrovò intatti i problemi della sua esistenza ingarbugliata.

Bruno Arconati, che aveva sconvolto la tranquilla quotidianità della sua vita, era il problema più difficile da risolvere.

Era abituata ai contrattempi quasi quotidiani che derivavano dalla responsabilità di gestire la sua agenzia.

Ma non era sola, perché Vieri la affiancava e, insieme, lavoravano molto bene. Quando tornava dall'ufficio, la sera, chiudeva in un cassetto le grane di lavoro e si abbandonava alla compagnia rassicurante del suo uomo, al quale era grata per il senso di quiete che le trasmetteva, e mai si sarebbe aspettata di innamorarsi di un altro.

Poiché non riusciva a spiegarsene la ragione, si ripeteva come un mantra: «Perché proprio a me doveva capitare?»

Questo conflitto, tra sentimento e ragione, le procurava un senso di colpa che incrinava la serenità in cui era vissuta per tanti anni.

Si aggirava per la casa, sopraffatta dall'inquietudine, e riordinava gli oggetti nella speranza di fare ordine anche nei suoi pensieri. Intanto si diceva che avrebbe dovuto seguire il consiglio di Carlotta e rivolgersi a un terapeuta perché la aiutasse a risolvere i suoi problemi.

Questa sua infelicità fu notata anche in ufficio, tanto che, una mattina, la sua assistente chiese: «Gloria, posso sapere che cosa ti succede?»

Colta alla sprovvista, arrossì imbarazzata e rispose: «Spiegati meglio, Martina».

«Spiegami tu. Forse sei preoccupata per la malattia di Vieri?»

«Assolutamente no. Vieri sta bene e io sto benissimo. Grazie. Vogliamo riprendere il lavoro?» ribatté con fare sbrigativo.

«Però hai smesso di sorridere, sussulti per un nonnulla e mentre ti parlo di lavoro spesso sembra che tu abbia la testa altrove», martellò la ragazza.

Gloria la guardò senza ribattere.

Allora l'assistente sussurrò: «Ti chiedo scusa. Non volevo essere invadente... Insomma, fai come se non ti avessi detto niente».

«Occupiamoci subito dei problemi pratici, perché ora

dobbiamo farci carico anche dei progetti di Vieri. Fai venire la sua segretaria e parliamone tutte insieme. Speriamo che il nostro amico concluda presto la sua convalescenza.»

«Sai che anche mio marito è nelle stesse condizioni di Vieri? L'ho portato due giorni fa al San Raffaele. Hanno detto che ha una polmonite virale e lo stanno curando con antibiotici e cortisone. Ci hanno detto che è dallo scorso ottobre che si ripetono casi come il suo. E non si spiegano la ragione. Comunque io sono tranquilla, perché se ne è uscito Vieri, la supererà anche lui», affermò.

Gloria ripensò alle parole di Carlotta sulla scomparsa dell'anziano avvocato Crespi: polmonite virale. Ma lui era anziano e già soffriva di disturbi cardiaci. Subito dopo pensò a suo padre e lo chiamò.

Il professor Tagliaferri stava bene e si preparava a uscire per la solita passeggiata del mattino che comprendeva una sosta all'edicola per l'acquisto dei quotidiani e il caffè al bar del signor Gino, dove trovava sempre qualcuno con cui scambiare parole in libertà. Infine, sostava su una panchina dei giardinetti a fumare una sigaretta in santa pace, lontano dai rimbrotti di Carmen, che lui sopportava con una pazienza infinita.

«Smettila di preoccuparti per me. Hai sentito anche tu quello che ha detto il professor Bartorelli: mi ha rimesso a nuovo», disse a Gloria al telefono.

«Caro papà, io sono ignorante in tutto, specialmente in campo medico. Però gira un virus che colpisce le vie respiratorie, e il buon senso mi dice che dovresti stare in casa perché fa tanto freddo. Ti prego, papà, fallo per me», gli sussurrò.

«Sei una figlia affettuosa. Lo sei sempre stata. Vieni a trovarmi un po' più spesso, se ce la fai.»

«Promesso. Domani è sabato e purtroppo ho due appuntamenti di lavoro in mattinata, ma nel pomeriggio corro da te.»

Padre e figlia avevano sempre avuto un buon rapporto che indispettiva la madre, la quale non era mai riuscita a instaurarne uno identico.

Quel pomeriggio, Gloria si presentò a casa dei suoi genitori con un gran cesto di limoni e arance sanguigne, acquistati da *Abbascià*.

«Queste sono vitamine che ti proteggono da tanti malanni», spiegò a suo padre, deponendo il tutto sul tavolo della cucina. Poi domandò: «Mamma dov'è?»

«Oggi è andata in giro per saldi e, prima di cena, non torna», rispose il professore, incominciando a sbucciare un'arancia.

«Lascia stare, papà. Te la sbuccio io.»

«Non fare come tua madre. Ti sei dimenticata che, quand'eri bambina, mangiavi la frutta solamente se te la sbucciavo io?»

«Se la sbucciavi tu, mi pareva più buona», precisò Gloria, posandogli un bacio sulla guancia sbarbata di fresco e profumata con l'acqua di colonia Roger & Gallet che usava da tempo immemorabile.

Era bello il suo papà. Alto, magro, sempre impeccabile anche quando indossava il pigiama e la vestaglia. Era un uomo colto, amava le buone maniere ed era gentile anche con le persone maleducate.

«Io credo che tu volessi indispettire tua madre facendoti sbucciare la frutta da me. Tu non sei mai stata conciliante con lei, mentre tuo fratello è sempre stato più paziente. Il solo modo di vivere in pace con Carmen è darle sempre ragione. È così che siamo rimasti sempre insieme», spiegò lui, mentre infilzava uno spicchio d'arancia con la forchetta.

«Sempre insieme non è vero, perché non puoi dimenticare che, quando frequentavo le medie, tu sei andato via di casa per due anni e ritornavi solamente per il fine settimana», gli ricordò.

«Era nato un liceo sperimentale a Ferrara e il Provveditorato mi aveva chiesto di trasferirmi. Sono stati due anni fantastici», ammise con un sorriso.

Si rifugiarono nello studio. Il padre sedette alla scrivania e lei si acciambellò sul vecchio divano foderato in velluto di seta blu.

Lui accese una sigaretta e aspirò la prima boccata di fumo con evidente piacere, mentre diceva: «Dopo spalanco la finestra, altrimenti tua madre mi fa una scenata».

E poiché lei taceva, il professore la guardò con tenerezza e disse: «Sputa il rospo».

«Non so da che parte cominciare.»

«Non devi scrivere una relazione. Basta che tu mi dica che cosa ti pesa sul cuore.»

«Papà, mi sono innamorata del dottor Arconati, l'assistente di Bartorelli. E lui si è innamorato di me. A Siena sono stata sul punto di tradire Sergio. E non so come uscire da questa situazione», gli confessò.

L'anziano professore fumava in silenzio. Poi si alzò ad aprire la finestra, tornò dietro la scrivania e, infine, commentò: «La storia si ripete».

In quel momento a Gloria sembrò che il padre volesse dire qualcosa e rimase in attesa del seguito. Ma lui si limitò a osservare la spirale di fumo della sua sigaretta.

«Allora?» lo sollecitò lei.

«Hai sentito quello che sta accadendo in Cina?» osservò il professore con fare pensoso.

«Papà, stavamo parlando di me.»

«E io parlavo dei tanti morti per un virus misterioso che miete vite umane.»

«Mi dispiace per loro ma, per fortuna, la Cina è lontana e hanno chiuso tutti gli accessi», ragionò lei.

«Viviamo in un mondo globale, Gloria. Un mondo di folli che si spostano continuamente, come formiche impazzite, da una nazione all'altra, da un continente all'altro, e il virus è già uscito dalla Cina. Non sono così sicuro che non sia arrivato anche in Europa», commentò il professore.

«Papà, lascia perdere il virus che, almeno per ora, non

ci riguarda. Io ti stavo parlando di me e dell'attrazione che provo per un uomo che non è il mio Sergio.»

«L'ho capito benissimo, ma non posso fare niente per te.»

«Nemmeno un suggerimento?» insistette lei.

«Vuoi sentirti dire che non devi vederlo più? Non te lo dico, perché non mi ascolteresti. E poi... siamo tutti bravissimi a sbagliare da soli, ed è meglio così, piuttosto che sbagliare seguendo i consigli di altri.»

«È vero, ma poco fa mi avevi detto che la storia si ripete. Ti riferivi a te e alla mamma?» indagò.

«Che cosa te lo fa pensare?»

«Parlavamo dei tuoi anni lontano da casa, quando Ernesto e io eravamo appena adolescenti. Hai dimenticato quello che abbiamo combinato per ribellarci all'atmosfera pesante che gravava in casa nostra? Una spiegazione non l'abbiamo mai avuta, né da te né dalla mamma. Oggi penso che tutto sia dipeso da un tradimento, tuo o suo. Ecco perché hai detto che la storia si ripete.»

«Il tradimento non è tanto una questione di letto, quanto di cuore. Se ami profondamente il tuo compagno, non smetterai di amarlo se, per una volta, attraversi un periodo in cui, al posto della solita minestra, sei tentata di fare una grande abbuffata di patate al forno con il caviale», affermò il padre con un sorriso.

Spense la sigaretta e andò a chiudere la finestra. Tornò dietro la scrivania e, sempre sorridendo, concluse: «Per fortuna, nel tuo caso non ci sono figli di mezzo».

«Sei stato tu a mangiare il caviale? O è stata la mamma?»

«Scusami, Gloria, ma non ti rispondo», disse lui, con aria serafica.

Gloria se ne andò prima che sua madre rincasasse.

Nella solitudine della villetta di via della Sila, in cui viveva con Sergio, mentre cenava con una tazza di cioccolata, sbocconcellando una crostatina con la marmellata, ripensò al passato, a quando aveva undici anni.

14

«Io sto per uscire. Se non ti sbrighi, a scuola ci andrai da sola», le disse suo fratello Ernesto, che era già nell'ingresso dell'appartamento e si stava allacciando le scarpe.

Gloria, nella sua cameretta, infilava nello zaino i libri di testo e i quaderni dei compiti.

«Aspettami, arrivo!» replicò irritata, perché non riusciva a trovare il quaderno di geometria. All'improvviso si ricordò che, il giorno prima, aveva fatto i compiti con il suo papà e aveva dimenticato il quaderno sulla sua scrivania.

Allora andò a recuperarlo e notò, con una certa sorpresa, che qualcuno aveva dormito sul divano.

Prese il quaderno, andò a metterlo nello zaino, raggiunse il fratello che era già sul pianerottolo, davanti all'ascensore, e dimenticò la stranezza del divano disfatto.

«Eccomi!» annunciò esultante, infilandosi per prima dentro l'ascensore.

«Non ti sei messa la sciarpa», le fece notare lui.

«Vorrà dire che mi prenderò il raffreddore e sarà colpa tua, perché mi hai messo fretta», replicò lei.

Ernesto frequentava la quinta ginnasio e lei era in prima media nello stesso plesso scolastico.

Lui era il fratello maggiore.

E lei, con malizia tutta femminile, sapeva come farlo sentire in colpa se la trascurava.

Così, in quella gelida mattina di febbraio, quando uscirono dal palazzo, Gloria aveva il collo riparato dalla sciarpa di Ernesto, che la prese per mano e si avviò verso la fermata del tram.

«Che sciarpa ti sei messa?» le domandò la sua compagna di banco mentre entravano nella loro aula.

«Me l'ha data mio fratello, perché ho dimenticato la mia», rispose lei con la fierezza di chi si sente protetto. E puntualizzò: «È di pura lana e tiene caldo».

La famiglia Tagliaferri si era trasferita da poco nel palazzo di via Pacini, avendolo ereditato dalla mamma del professore.

Era più grande e confortevole rispetto a quello in cui erano vissuti prima, e ora sia Ernesto sia Gloria avevano ognuno la propria cameretta e una stanza da bagno per loro.

Carmen, la mamma, si vantava di questo con le sue amiche e non tralasciava occasione per dire: «Il professore, che nasce in una famiglia benestante, ha ereditato dai suoi l'appartamento in cui viviamo che ha ben tre bagni. Il terzo è per la donna di servizio».

«Hai anche la donna di servizio?» indagò una vecchia amica che era commessa in una grande merceria dove anche Carmen aveva lavorato fino a quando aveva sposato Gino Tagliaferri, un giovane insegnante di matematica, che si era perdutamente innamorato della bellissima Carmen e a cui non importava che la sua sposa fosse di origini umili e non proprio colta.

«Già. Abbiamo ereditato anche quella», replicava Carmen, con aria da nobildonna.

Ernesto aveva capito da un pezzo come stavano le cose tra i genitori e aveva soprannominato la mamma «Madame de Pompadour».

Lui e Gloria sapevano che il padre si occupava delle loro esigenze di studio, la mamma di quelle pratiche, ed Ernesto, più scanzonato, le faceva il verso. Gloria e il padre sorridevano delle sue imitazioni, Carmen si infuriava e minacciava di prenderlo a schiaffi.

Il colpevole implorava: «Chiedo venia, Madame de Pompadour, e mi prostro colpevole ai vostri bellissimi piedi».

Allora Carmen si rivolgeva al marito e gli diceva: «Che cosa aspetti a far valere il tuo ruolo di educatore?»

Il professore, a quel punto, ingiungeva al figlio: «Seguimi nel mio studio!»

Chiudeva la porta, lo rimproverava a voce alta perché Carmen sentisse e intanto si accendeva una sigaretta. Poi divideva con lui una tavoletta di cioccolato fondente, sussurrando: «Ernesto, sei uno stupido. Che cosa ti importa se si vanta con le sue amiche? Hai una mamma molto bella e non puoi pretendere che sia anche perfetta».

Ernesto sgranocchiava il cioccolato, gli dava un bacio sulla guancia e poi bisbigliava: «Le voglio bene, ma gliene vorrei ancora di più se la smettesse di darsi un tono. Anche perché una signora vera non si dà arie».

Il professore sorrideva e poi spalancava la porta, urlando: «Adesso chiedi subito scusa a tua madre».

Un giorno, mentre sedevano a tavola, Gloria notò che Carmen era insolitamente silenziosa e il marito non la degnava di uno sguardo.

Anche Ernesto dovette notare il comportamento strano dei genitori, tanto che scambiò con la sorella uno sguardo perplesso. A un certo punto, Gloria domandò: «È successo qualcosa che non possiamo sapere?»

Allora il padre rispose: «Ho deciso di accettare un trasferimento a Ferrara, dove stanno per aprire un liceo sperimentale a indirizzo tecnologico e il Provveditorato mi chiede di partire al più presto per iniziare, con altri insegnanti, a impostare un piano di studio. Il preside attuale ha maturato la pensione e io dovrei sostituirlo, subito».

«È una bella notizia. Il preside guadagna più degli altri docenti», commentò Ernesto.

«Papà, noi veniamo con te?» domandò Gloria.

Carmen, lo sguardo chino sul piatto, mangiava in silenzio.

«Voi, ragazzi, dovete prima concludere l'anno scolastico e io devo avere il tempo di cercare una casa», spiegò.

«Ferrara è una bella città rinascimentale. Ci sono andato in gita scolastica l'anno scorso. Certo, a Ferrara non ci sono i miei amici», ragionò Ernesto.

«Anche a me mancherebbero le mie amiche. Papà, per favore, non accettare quel posto», supplicò Gloria. Poi guardò la madre e disse: «Convincilo tu, mamma. Io non voglio che cambiamo città».

Per tutta risposta, Carmen si alzò e si mise a sparecchiare la tavola.

«Vostra madre non verrà con noi. Si troverà una casa più piccola e voi verrete a trovarla nei fine settimana», precisò il padre.

Ernesto sbottò: «Quindi voi due vi state separando?»

«Credo di sì. Papà ha dormito nel suo studio, la notte scorsa», replicò Gloria.

Allora il professore si rivolse alla moglie e le domandò: «Vuoi spiegare tu, ai ragazzi, come stanno le cose?»

«Perché non lo fai tu?» ribatté lei, con voce isterica.

«Ieri sera, vostra madre e io abbiamo litigato proprio per questa ragione. Io devo andare a Ferrara e lei vuole restare a Milano.»

«Lui vuole sfasciare la famiglia e io voglio tenerla unita», sibilò Carmen.

«Davvero? Sei sicura di voler tenere unita questa famiglia? Te lo chiedo perché non ho avuto questa impressione», sbottò il marito. Poi guardò i suoi figli e soggiunse: «Non dovete preoccuparvi di niente. A giugno, quando sarà concluso l'anno scolastico, decideremo che cosa fare. Adesso pensate a studiare».

15

Iniziò un periodo difficile in cui i due adolescenti subivano il disagio dei dissapori silenziosi tra i genitori e vivevano in un limbo aspettando che si ripristinassero le abitudini consuete che davano un senso alla quotidianità. La mamma sussultava per un nonnulla, parlava pochissimo e l'atmosfera in casa era avvilente anche quando papà tornava da Ferrara.

Gloria era confortata dalla presenza del fratello maggiore che lei interrogava a volte sul futuro della loro famiglia.

E lui le ripeteva: «Gloria, ne so quanto te. Accontentati che nostro padre venga a trovarci ogni fine settimana e per le feste comandate».

«Sarà sempre così?» domandava lei.

«Non lo so. È un fatto che lui guarda la mamma come se li separasse una distanza siderale e lei non lo guarda affatto e tiene sempre la testa bassa.»

«Non pensi che avremmo diritto a una spiegazione?»

«Meglio il silenzio delle bugie», sentenziò Ernesto.

«Io preferirei una bugia, piuttosto che annaspare nel buio», affermò Gloria.

«No, assolutamente no. Io voglio sapere la verità e dalla mamma non la sapremo mai.»

«Se è per questo, neanche da papà. Il loro silenzio è già una bugia», puntualizzò la ragazzina.

I due fratelli sedevano nella sala da pranzo, i libri di scuola aperti sul tavolo. Era un pomeriggio di fine marzo ed erano in casa da soli, perché Carmen era andata in farmacia a prendere le medicine per la nonna. Li aveva avvertiti che sarebbe rincasata tardi e toccava a loro riscaldare il minestrone che era già pronto sul fornello.

«Ho un'idea», disse Ernesto, illuminandosi.

«Dimmela subito.»

«Però tu non devi fare storie. Qui ci vuole un atto di coraggio da parte nostra», precisò il fratello, con tono grave.

«Per favore, non tenermi sulla corda», lo spronò la sorella, ansiosa di sapere.

«Scappiamo!»

«Ma sei scemo?»

«No, sono intelligente. E mi stupisce che tu non arrivi a capire che...»

«Se ci diamo alla fuga, quei due realizzeranno che non possono farsi i cavoli loro ignorando le nostre esigenze», concluse Gloria, che aveva capito perfettamente. Ma subito dopo aggiunse: «Però vorrei sapere dove andremo».

«Ti ricordi la portineria del nostro vecchio palazzo?»

«Mi ricordo quanto mi è dispiaciuto quando la signora Maria è andata in pensione. Mi dava sempre la marmellata di fichi da mangiare a merenda. Poi però i condomini hanno deciso di fare a meno di una portinaia e le sue stanze sono state chiuse. Mi faceva tristezza quando passavo davanti alla guardiola buia e vuota.»

«Ma non sai che il mio amico Corrado e io avevamo trovato il modo di entrarci», rivelò Ernesto.

«Avevate scassinato la serratura?» si scandalizzò Gloria.

«Non hai il senso dell'avventura. Avevamo scoperto che si poteva entrare dalla finestrella del bagno, che è senza tapparelle e ha i vetri smerigliati a saliscendi. Bastava infilare una lama di coltello sotto il telaio di legno e far scorrere il vetro verso l'alto. Così entravamo in casa. Non c'era luce né gas. Però l'acqua scendeva dai rubinetti e c'erano anche un vecchio divano, un tavolo e tre sedie di plastica.»

«Che cosa ci facevate lì dentro?» s'incuriosì la sorellina.

«Ci nascondevamo le raccolte delle figurine dei calciatori, le merendine sottratte in casa e una volta ci siamo sbronzati con delle lattine di birra. Siamo stati malissimo e le nostre mamme non sapevano che cosa ci fosse successo. Noi ci nasconderemo lì e spaventeremo a morte sia la mamma sia il papà.»

«Io ci sto. Quando scappiamo?» domandò Gloria molto eccitata dalla prospettiva.

«Prima dobbiamo fare scorta di cibo e bevande. Ci serviranno anche un paio di coperte, due torce per la notte, del sapone per lavarci e dei libri da leggere. Basteranno un paio di giorni per prepararci.»

«Lo sai che hai avuto una grande idea?»

«Io sono più grande e ho più esperienza di te», disse Ernesto, fiero del suo ruolo di fratello maggiore.

Sgattaiolarono fuori di casa la domenica successiva, poco dopo le sei del mattino, quando Carmen dormiva ancora nel suo letto e il padre sul divano dello studio.

Avevano scelto la domenica perché la gente si alzava più tardi e difficilmente avrebbero incontrato qualcuno.

Ci vollero una decina di minuti per raggiungere il vecchio caseggiato.

La fortuna si era schierata dalla loro parte, perché, arrivati in prossimità del palazzo, videro uscire un condomino che portava a spasso il cane. Era il ragionier Bariselli, miope come una talpa, che lasciava sempre il portone aperto per non perdere tempo a cercare di infilare la chiave quando sarebbe rientrato.

A sinistra dell'androne c'era la porta d'accesso alla portineria e, subito dopo, si apriva la finestra protetta da vetri scorrevoli da cui, fino a pochi anni prima, la signora Maria poteva vedere chi entrava e chi usciva dal palazzo. Ora i vetri erano stati chiusi e coperti con fogli di carta da pacco. Sul fondo dell'androne, una grande porta in ferro battuto dava accesso al cortile, sul quale i due fratelli si affacciarono guardinghi. Era deserto e le finestre degli appartamenti avevano ancora le persiane chiuse.

Allora svoltarono a sinistra dove c'erano le finestre del bagno, della cucina e della camera da letto della signora Maria, anche quelle oscurate dalle persiane chiuse, tranne la terza, quella del bagno, protetta dai vetri smerigliati a saliscendi.

Ernesto prese da una tasca del giubbotto il suo coltellino e, puntando un piede su una sporgenza dello zoccolo di cemento, si issò fino al davanzale. Si sentiva il cuore in gola ed era terrorizzato che la finestra non si aprisse più. Gloria, invece, era tranquilla, perché si fidava del fratello.

La finestra si aprì. Lui sussurrò: «Passami gli zaini».

Li lanciò, uno dopo l'altro, dentro la stanza da bagno. Poi entrò anche lui. Allora si affacciò, tese le braccia e disse a Gloria: «Aggrappati a me».

Quando furono entrambi all'interno, lui riabbassò il vetro.

«Ce l'abbiamo fatta», esultò.

«È andato tutto liscio come l'olio», convenne Gloria e gli sorrise.

Erano le sette del mattino e accesero le torce per esplorare il minuscolo appartamento.

«Ma è tutto uno schifo!» deplorò la ragazzina, osservando lo squallore di quelle stanze abbandonate da tempo.

«Ti aspettavi di andare al *Grand Hotel*?»

«Quando c'era la signora Maria non era così.»

«Sei pentita della fuga?» la sfidò Ernesto.

Gloria, per tutta risposta, si mise a piangere.

16

«ERNESTO, sei sicuro che abbiamo fatto bene a scappare da casa?» gli domandò qualche ora dopo, mentre sbocconcellavano un panino con un pezzo di formaggio.

«Se siamo arrivati a questo, significa che qualche motivo c'era», replicò lui.

«Papà e mamma, a questo punto, saranno disperati. Non credi?»

«Forse stanno cominciando a capire che non esistono solamente loro, con i loro problemi. Era questo che volevamo», affermò il fratello.

«Ma qui il tempo non passa mai. Non abbiamo neanche la tele. Almeno potevi portare la radiolina. Con la poca luce che filtra dalle persiane, non si riesce neppure a leggere», si lamentò lei.

«Possiamo giocare a carte.»

«E dopo?»

«Gloria, dobbiamo avere pazienza. Pensiamo invece

che loro saranno in giro a cercarci, certamente avranno avvertito la polizia e anche i poliziotti ci cercheranno. Ma nessuno penserà che siamo qui, nel nostro vecchio palazzo, a pochi metri da casa. Dimmi tu se la mia non è stata un'idea geniale», si inorgoglì Ernesto.

«E metti caso che ci ammaliamo, che ci venga la febbre? Nessuno potrebbe curarci e moriremmo qui, in questo squallore», replicò Gloria, esternando la sua paura.

«Sorellina, ascoltami. Se vuoi tornare a casa, prendi la porta e vattene. Io da qui non mi schiodo.»

«Hai ragione tu: dobbiamo resistere», convenne Gloria. E aggiunse: «Però mi dispiace per i nostri genitori, perché penseranno le cose peggiori e soffriranno tantissimo».

«Era esattamente questo che volevamo», affermò Ernesto. E domandò: «Hai sentito l'espressione 'Scuotere le coscienze'?»

«No, ma capisco quello che significa: noi stiamo scuotendo la coscienza di mamma e papà», spiegò la ragazzina.

Presero a giocare a rubamazzo, approfittando della poca luce che filtrava dalle persiane.

A un certo punto, Gloria sospese il gioco per rivelare: «Credo che mamma abbia un corteggiatore e che papà lo abbia saputo».

«Che cosa ti viene in mente? Le mamme non hanno corteggiatori, altrimenti non sarebbero mamme.»

«Qualche tempo fa, un pomeriggio in cui eri uscito per

andare a giocare a tennis, la mamma era in anticamera a telefonare. Io ero nella mia stanza e la porta era socchiusa. L'ho sentita dire, con aria svenevole: 'Mi hai mandato dei fiori bellissimi e ti ringrazio. Ma è stata un'imprudenza'. Poi ha preso a bisbigliare e non ho colto il seguito della telefonata.»

«E non mi avevi detto niente!»

«Dopo non ci ho più pensato, me ne ero dimenticata e mi è tornato in mente solamente ora. Secondo te, vuol dire che la mamma ha un corteggiatore?»

«Gloria, scendi dal pero! È ovvio che ha una relazione amorosa e papà lo ha scoperto. Ecco perché se ne è andato da casa», ragionò il fratello.

«Ma tu e io che cosa c'entriamo in tutto questo? Ti sembra giusto che ci andiamo di mezzo noi?» s'indignò Gloria.

«Loro non si pongono questo problema, mentre io ritengo che abbiamo bisogno di una spiegazione.»

«Che loro non ci daranno mai», concluse la sorellina.

«Come dicevamo, fuggendo stiamo scuotendo le loro coscienze e ora vedremo che cosa succede.»

«Però questo posto non mi piace. E poi, quando avremo finito la scorta di cibo, che cosa faremo? Per quanto tempo dovremo restare qui, al freddo, senza poterci lavare? Domattina non avrò neppure la mia tazzona di caffellatte. E la scuola?»

«Smettila di fare la lagna. La scuola è sempre lì e non scappa. Alla fine, se ci pensi bene, noi due stiamo facendo un grosso sacrificio perché mamma e papà tornino insieme e noi tutti possiamo vivere in pace, come prima.»

Gloria pensò che, forse, nemmeno prima vivevano in pace, ma non lo disse. Era come quando lei faceva buon viso alla sua compagna di scuola, Vera, che aveva regalato a un'amica la gomma da cancellare a forma di Barbie che lei le aveva generosamente offerto. Gloria ci era rimasta male, ma aveva taciuto, nascondendo la delusione. Ora diede un nome a questo malessere: gelosia. Dunque, la mamma aveva un corteggiatore, papà lo aveva scoperto e, invece di fare buon viso, come aveva fatto lei con Vera, si era ingelosito e aveva deciso di prendere le distanze dalla moglie.

«Però ha dimenticato che ci siamo anche noi», sussurrò. Poi pensò che, forse, l'amante ce l'aveva papà ed era andato a Ferrara per vivere con lei. Ma non osò esternare il sospetto, perché il professore era un mito per lei e per Ernesto.

«Accendiamo la torcia.»

«Brava, così da fuori vedono la luce e ci stanano subito», le fece notare Ernesto.

«Io ho voglia di sgranchirmi le gambe. Non possiamo uscire e fare un giretto qui intorno?» domandò lei.

«No, non possiamo. Sicuramente sono già cominciate le ricerche e pattugliano le strade e le stazioni. Avranno mostrato in tivù le nostre foto. Quelli del programma *Chi l'ha visto?* faranno un servizio su di noi.» Ernesto ragionava a voce alta e si sentiva quasi l'eroe di un romanzo.

«Mi piacerebbe vederlo», rise lei, eccitata. Poi disse: «Ho voglia di una bella pastasciutta con un buon sugo di pomodoro e tanto parmigiano».

«Fino a quando staremo qui, te la puoi scordare.»

«Però adesso ho fame. Che cosa abbiamo per cena?»

«Pane e un uovo sodo ciascuno», disse lui, aprendo lo zaino e mettendo sul tavolo il cibo e due lattine di Coca-Cola.

Spostarono il tavolo accanto alla finestra. Ernesto vi salì e schermò le persiane con una coperta, legandone gli angoli a un bastone polveroso che, un tempo, aveva sorretto le tende della finestra. Così accesero la torcia e mangiarono.

Per tutto il giorno, dal cortile e dall'androne sentirono i suoni dei passi e le voci dei condomini, quando entravano o uscivano dal palazzo. Ora che era scesa la sera, regnava il silenzio. Ernesto percepiva il disagio e le paure della sorellina e lui stesso, pur rincuorandola, cominciava a rendersi conto della gravità del loro gesto di ribellione.

Gloria si era addormentata sul divano e lui la coprì con il plaid. Poi si rincantucciò nello spazio libero del divano, accostò una sedia e vi stese le gambe, accese la torcia e iniziò a leggere un romanzo che aveva portato con sé. Era *Il barone rampante*. In qualche modo gli parve di riconoscersi nelle vesti del giovane Cosimo Piovasco di Rondò che si ribella al padre per un piatto di lumache e fugge da casa arrampicandosi su un albero.

Pensò che forse lui aveva trascinato la sorella in quell'avventura per egoismo, per non sentirsi solo o, peggio ancora, per spartire con lei la responsabilità di quel gesto.

Si domandò fino a quando avrebbero resistito in quella situazione tutt'altro che confortevole.

Il cibo che si erano portati da casa sarebbe bastato per il giorno successivo. E dopo?

Avevano ancora i soldi della loro paghetta settimanale, così lui sarebbe potuto uscire per acquistare qualcosa al minimarket di viale Abruzzi. Ma lì lo conoscevano e il commesso avrebbe potuto avvertire la polizia se la notizia della fuga si era diffusa. Allora pianse in silenzio, senza ritegno.

17

Lo intenerì il gesto della sorellina che aveva messo sul tavolo la colazione, apparecchiandolo con due fogli di Scottex in cui erano stati avvolti i panini del giorno prima e, su ogni foglio, aveva piazzato una merendina Kinder e una lattina di aranciata. La sentì trafficare nella stanzetta da bagno e allora si accostò alla porta e la chiamò.

Gloria aprì uno spiraglio e gli disse: «Non ho osato tirare lo sciacquone, per non fare rumore. Però ho trovato un secchio di plastica, sotto il lavandino, l'ho riempito con l'acqua del lavabo e l'ho buttata nel water. Ho fatto bene?»

Lui annuì e soggiunse: «Sbrigati, perché anch'io ho bisogno del bagno».

Poco dopo sedevano a tavola a consumare quel tristissimo pasto.

«È proprio dura la vita dei fuggiaschi!» sospirò la ragazzina.

«Smettila di lamentarti. Pensi forse che io sia contento? Sono triste quanto te», ammise il fratello.

«Se siamo arrivati a tanto, è perché non eravamo felici», ribadì lei ancora una volta.

«Appunto», confermò il fratello.

«Però, mamma e papà saranno ancora più tristi di noi», commentò lei, con un altro sospiro.

«Adesso non dobbiamo mollare. Che figura faremmo, se ci vedessero tornare a casa come due cani con la coda tra le gambe? Dobbiamo resistere ancora un po'. Dopotutto, siamo spariti soltanto ieri.»

«I nostri compagni si preparano per andare a scuola e noi perdiamo un giorno di lezioni, senza giustificazione», si lamentò lei.

«Adesso smettila! Vuoi andare a scuola? Quella è la porta. Esci e vai», sbottò Ernesto.

«Solo se vieni anche tu», disse lei.

«Se non la smetti con questo piagnisteo, ti butto fuori io!» la minacciò il fratello.

Lei si rifugiò sul divano, accese la sua torcia e si mise a leggere il romanzo che si era portata da casa: *Piccole donne*. Quando si immergeva nelle avventure delle sorelle March, nell'atmosfera ovattata di quella famiglia americana intrisa di buoni sentimenti e di tanti sogni, Gloria si astraeva dalla realtà ed entrava in un universo in cui regnavano la generosità e l'altruismo, dove i prati erano verdi, il cielo azzurro, l'aria aveva il profumo dei fiori e, quando era inverno, tutti si scaldavano al fuoco del camino.

Ernesto la riportò alla realtà dandole un pizzicotto.

«Io vado a recuperare qualcosa da mangiare per stasera e domani», le sussurrò.

«Vengo con te», disse Gloria scattando in piedi.

«Che è il modo migliore per farci notare, se la polizia ci sta cercando. Da solo, ci sono alte probabilità di passare inosservato.»

«Ti vedranno comunque mentre esci dalla finestra del bagno, perché c'è gente in giro», osservò Gloria.

«Sul banco della guardiola ho trovato le chiavi della portineria», sorrise il fratello.

«E io che cosa farò mentre non ci sei?» domandò impaurita.

«Mi aspetti», ordinò lui, infilandosi in tasca le chiavi.

Fece scorrere piano piano il chiavistello della porta d'ingresso della portineria, verificò che non ci fossero suoni di passi né di voci, poi schiuse lentamente un battente, si guardò intorno e sussurrò alla sorella: «Io schizzo via come una lepre. Tu richiudi la porta e riprendi a leggere. Non preoccuparti se ritardo».

Erano le due e mezzo del pomeriggio e lei si impose di restare calma. Pensò che avrebbe ricominciato a tremare di paura se Ernesto non fosse tornato entro un'ora.

Di tanto in tanto controllava le lancette sul suo orologio da polso. Sembrava che il tempo non passasse mai.

All'improvviso sentì una chiave che si infilava nella toppa della serratura. Allora scattò in piedi come una molla e si accostò alla porta.

«Eccomi, sorellina», sussurrò sorridente Ernesto, mentre sgattaiolava nella guardiola.

«Che sollievo!» esultò lei.

«Ti ho portato cose buone dal mondo», annunciò lui, tendendole un sacchetto del supermercato.

Ormai era al sicuro e si voltò per chiudere il battente.

In quel momento alle spalle di Ernesto si profilò un'ombra gigantesca e, sulla soglia, comparvero due energumeni in divisa da carabinieri.

Gloria si aggrappò spaventata al fratello che stava tremando di paura. Un carabiniere andò a spalancare le persiane per far entrare un po' di luce. L'altro sospinse i ragazzi nella cucina, mentre diceva: «Per vostra fortuna, vi abbiamo trovati». Si guardarono intorno. Videro lo squallore di quel minuscolo appartamento, le torce, i libri, i resti di cibo e sorrisero con fare bonario.

«Non ho rubato niente», si difese subito Ernesto.

«Infatti non siamo qui per questo, ma perché avete allarmato i vostri genitori con questa bravata della fuga», disse uno dei carabinieri osservandoli con tenerezza.

Intanto Gloria piangeva e suo fratello la abbracciava pallido e tremante.

L'altro carabiniere si era isolato nel bagno e lo sentirono parlare via radio con la centrale.

Poi tornò nella cucina e annunciò: «Adesso vi riportiamo a casa. I vostri genitori sono già stati avvertiti e vi aspettano».

«Ma nel frattempo, dovete dirci il motivo della fuga», disse l'altro.

«Volevamo scuotere le loro coscienze», spiegò Gloria e, come un fiume in piena, riversò su di loro l'intera storia.

Il fratello taceva e annuiva. Istintivamente, entrambi avevano l'impressione di avere di fronte due uomini che li guardavano con simpatia e comprensione.

«Sareste tornati a casa comunque, perché siete due bravi ragazzi», disse uno dei due. E soggiunse: «Adesso vi aiutiamo a raccogliere le vostre cose e poi ci lasciamo alle spalle questa storia triste».

«Prima di tornare, io vorrei un cappuccino caldo e una fetta di torta», azzardò Gloria, fermandosi davanti a un bar-pasticceria in viale Abruzzi.

I due tutori della legge sorrisero e annuirono: «Vada per il cappuccino e la torta».

«Due», lo corresse Ernesto che si era rincuorato e aveva voglia di rifocillarsi prima di tornare a casa.

I genitori li accolsero con un abbraccio e un pianto liberatorio. La fuga venne presto dimenticata. Gloria ed Ernesto, come per un tacito accordo, non ne parlarono più. Tuttavia la situazione famigliare non cambiò di molto: i coniugi Tagliaferri ripresero a parlarsi con poca convinzione e il professore, alla fine dell'anno scolastico, lasciò il suo incarico a Ferrara e ricominciò a insegnare a Milano. Ma il motivo della freddezza che si era creata tra lui e Carmen non si seppe mai.

Gloria maturò la convinzione che la vita di coppia non faceva per lei e si disse: Io non mi sposerò mai.

18

«Ragazzi, quest'estate, invece della solita vacanza alla pensione *Miami* di Cesenatico, vi propongo un viaggio», esordì il professore, durante la cena. E spiegò: «Sarebbe un'occasione per allargare i vostri orizzonti e fare qualcosa di diverso».

«Un viaggio... dove?» domandò Ernesto, incuriosito.

«Intanto, abbiamo l'auto nuova che è molto più spaziosa della vecchia Fiat, quindi viaggeremmo comodamente. Si potrebbe fare il sud della Francia, arriviamo fino ad Avignone, poi scendiamo a Montpellier, Perpignan, e andiamo verso la costa della Spagna.»

«La Costa Brava», intervenne Ernesto.

«Il flamenco», aggiunse Gloria.

«Che cosa c'entra il flamenco? Io pensavo di fermarci un po' al mare», precisò il fratello.

Carmen continuava a mangiare in silenzio e si capiva che non era assolutamente d'accordo con quel progetto.

Il padre colse la sua ostilità, ma la ignorò. Invece si rivolse al figlio.

«Ottimo. Facciamo alcuni giorni di mare e poi ci aspettano Granada, Cordova, Siviglia», disse con entusiasmo.

«Allora hai in mente un tuffo nel Medioevo. Avignone e l'esilio dei papi, Cordova e l'invasione dei saraceni», commentò Ernesto facendo sfoggio delle sue conoscenze storiche.

«Carlo Magno e il paladino Orlando con la sua Durlindana», intervenne Gloria che aveva letto un romanzo per ragazzi in cui si narrava il grande massacro di Roncisvalle.

«E brava la mia cucciola», la gratificò il professore, scompigliandole con le dita la zazzera bruna.

«Allora, già che ci siamo, potremmo arrivare in Portogallo e fare il bagno nell'Atlantico», si entusiasmò Ernesto.

«In Portogallo si balla il flamenco?» domandò Gloria.

«E dagli con questo flamenco. Mi dici cosa ci importa del flamenco?» si spazientì il fratello.

«A me il flamenco piace. Io vorrei imparare a ballarlo», si impuntò la sorella.

«In Portogallo non si balla il flamenco, ma si canta il fado», disse il professore.

«Che cos'è il fado?» domandò Ernesto.

«È un canto triste, che parla di nostalgia e di dolore. È una musica popolare che trasuda rimpianto e lacrime. Forse è nata quando questa piccola nazione molto povera era diventata una potenza economica e, con le sue navi, solcava i mari e gli oceani portando in patria le ricchezze di tutto il mondo: le spezie e la giada dall'Oriente, l'oro e i diamanti dall'Africa, i pomodori e altre piante dalle Americhe. Insomma, questa piccola nazione è stata la padrona dei mari, ma i poveri marinai dopo mesi, anzi anni di navigazione, cantavano la nostalgia della loro terra. Non possiamo trascurare un giro, per quanto veloce, del Portogallo.»

«Anche i tacchini vengono dall'America», affermò Gloria conquistata dalla proposta del padre. «Però, in Spagna, io vorrei andare a vedere gli spettacoli di flamenco», insistette.

«Finisci di mangiare o il flamenco te lo do io sulla testa», intervenne Carmen.

«Proprio voi, donna Carmen, vi ribellate al desiderio di Gloria che vuole rendere omaggio al vostro nome?» scherzò il professore, riferendosi alla *Carmen* di Bizet.

«Sai quanto me ne importa dell'opera lirica», replicò lei irritata.

«Eppure ti ho conquistata cantandoti l'aria de *L'amour est un oiseau rebelle*», le ricordò il marito, rivolgendole uno sguardo di tenero rimprovero. «Eri proprio una bella zingara», precisò con un sorriso carico di nostalgia.

«Anche perché non sapevo che la zingara finiva accoltellata», ribatté lei.

«Gli scialli, le gonne lunghe e svolazzanti, il gioco di

punta e tacco del ballo e il bel torero che mi gira intorno...» disse Gloria con aria sognante.

«Da dove nasce questa storia?» si incuriosì Ernesto.

«Ho visto un film all'oratorio quando ero ancora in quinta elementare. E ora mi è venuta voglia di ballare il flamenco», confessò Gloria.

«E flamenco sia. Di ritorno dalle vacanze, cerchiamo una scuola seria e andiamo a iscriverti», decise il padre.

«Davvero?» si illuminò lei.

Si alzò dalla tavola, si accostò al padre, lo abbracciò e gli diede un bacio sulla guancia.

«Vado subito a dirlo alla mia amica Mariagiulia. Lei va già alla scuola di Mara Terzi e, alla fine di giugno, si esibirà con tutte le altre allieve sul palcoscenico del Carcano», raccontò.

«Ecco, ci mancava anche il flamenco», borbottò Carmen, mentre sparecchiava la tavola.

La famiglia Tagliaferri, nel corso degli ultimi mesi, aveva ripreso una parvenza di normalità, anche se i segni del disagio tra i genitori erano ancora evidenti.

La cosa peggiore era che non avevano mai chiarito il motivo del dissapore e i due ragazzi avevano acquisito la certezza che non avrebbero mai avuto una spiegazione.

Agli occhi della ragazzina, che cresceva rapidamente e assorbiva sensazioni come una spugna, suo padre e sua madre erano un pessimo esempio di vita coniugale.

Nel frattempo, continuava a studiare e a sognare l'amore che, a quattordici anni, quando iniziò la quarta ginnasio, assunse le sembianze di Ivan, un compagno di classe con gli occhi celesti e i lunghi capelli neri raccolti in una crocchia sulla nuca.

Ivan non era particolarmente bello, ma come Gloria, anche la sua compagna Melania stravedeva per lui che le faceva gli occhi dolci, mentre ignorava Gloria.

«Io odio Melania», raccontò al padre, con cui si confidava. «Papino, mi devi credere. Melania è un'oca! È la più oca della classe. È mai possibile che lui non se ne accorga?»

«Non è nemmeno tanto bella», convenne il professore che, talvolta, andava a prenderla a scuola e conosceva alcuni dei suoi compagni di classe.

«Capisci? Lo corteggia spudoratamente e lui le sorride e sembra il suo cavalier servente», si sfogò Gloria.

«Vedrai che un giorno si accorgerà di te.»

«So io come fare. Lo invito al saggio di danza di fine anno. Quando mi vedrà ballare il flamenco sul palcoscenico, allora mi noterà.»

Ormai frequentava regolarmente i corsi di danza di Mara Terzi e studiava i passi e le movenze con molto impegno.

Stava diventando una bella ragazza ed era consapevole di attirare l'attenzione dei ragazzi. Ma di loro non si curava. Lei voleva Ivan, con tutta se stessa.

Arrivò al punto di invitare Melania a casa sua, con il pretesto di fare i compiti insieme, sapendo che la compagna avrebbe coinvolto anche Ivan.

Durante gli esercizi, fece sfoggio di tutta la sua bravura per mettere in ombra Melania, ma il compagno dalla lunga chioma attorcigliata sulla nuca sembrò non accorgersene.

Esibì il padre, preside del liceo scientifico, come se fosse una medaglia al valore.

Neppure quello scalfì l'indifferenza del ragazzo verso di lei.

La sera, riversò sul professore tutta la sua amarezza.

«Senti, ragazzina, io l'ho visto bene questo tipo con lo chignon spettinato. È scemo! Devi credermi, perché io passo la mia vita tra i giovani. Se gli va bene, un giorno lavorerà in banca, se gli va male, farà l'agente assicurativo. Si sposerà con Melania che farà la casalinga, sfornerà una marea di figli e diventerà grassa come un Buddha. E lui vivrà beato con quella ochetta della Melania. Tu vorresti sposare un tipo così?» le domandò, sorridendo.

«Questo no di certo, papà. Anche perché io non mi sposerò mai.»

19

Alla scuola di flamenco, tra le allieve più giovani, era la migliore.

Nel ballo della sivigliana, la sua insegnante le aveva concesso un ruolo di pochi minuti solo per lei. Gloria si staccava dal gruppo delle compagne che le facevano corona ed eseguiva un «a solo» di tacco e punta accompagnato da un abile gioco delle braccia e delle mani che impugnavano le nacchere. Lei era concentrata nella danza per dare il meglio di sé, sapendo che «Chignon» Ivan era tra il pubblico con «Oca» Melania.

Alla fine del suo numero, quando si accesero le luci in sala, Gloria si presentò attorniata dalle altre ballerine, stando un passo davanti a loro, e subito guardò in seconda fila dove aveva prenotato la poltrona per Ivan, relegando l'odiata Melania in quindicesima fila, con la scusa che l'assegnazione dei posti era stata fatta dal direttore di sala.

Gli occhi lucidi per l'emozione e la gioia per aver primeggiato, si riempirono di lacrime quando vide che in seconda fila, accanto a Ivan, c'era l'odiata «oca» che si era alzata in piedi e batteva le mani con grande entusiasmo.

«Stronzo!» sussurrò prima di correre dietro le quinte e sfogare il pianto.

Quando lasciò il teatro, scortata dai genitori e dal fratello maggiore che la subissavano di complimenti, Mara Terzi, la sua maestra, disse ai Tagliaferri: «Gloria ha la danza nel sangue. In autunno la farò lavorare ancora di più, perché voglio iscriverla a un concorso importante di danza flamenca».

«Io, con il flamenco, ho chiuso», disse Gloria, decisa, spiazzando tutti.

Più tardi, a tu per tu con suo padre, confessò: «Ho sopportato i piedi doloranti e fatto pediluvi in vista di questa esibizione per dare la sveglia a un deficiente che continua a non accorgersi di me. Al diavolo lui e il flamenco».

Il padre le diede una carezza e le disse: «Ti avevo avvertito che quello è soltanto uno Chignon».

«Adesso vivrò e studierò per me stessa», affermò con determinazione.

In seconda liceo, si presentò in aula un nuovo compagno, Giovanni Maria Confalonieri di Santo Stefano.

Era figlio di un diplomatico ed era vissuto prima a Praga, poi a Il Cairo e infine in Israele. Ora il padre aveva avuto un incarico a Roma presso la Santa Sede. La madre, invece, si era trasferita a Milano con lui ufficialmente per stare accanto ai nonni, in realtà a causa di dissapori con il marito.

Tutta la classe analizzava incuriosita il nuovo compagno: alto, biondo, dal fisico atletico, il portamento semplice e disinvolto, il sorriso schietto.

«Ciao ragazzi», disse lui. «Metto subito le cose in chiaro. A casa mi chiamano Giammaria. Per gli amici, sono Giangi. Chiamatemi come volete, o non chiamatemi affatto, spero che saremo amici.»

Giangi piacque subito a tutte.

«Scegliti un posto», disse il professore.

Lui individuò un banco vuoto in seconda fila, accanto a Gloria e, rimanendo in piedi, le domandò: «Posso?»

Gloria annuì e, quando fu seduto, gli domandò sottovoce: «Sei sempre così formale?»

«Scusa, volevo essere semplicemente educato», sussurrò, arrossendo.

«Scusami tu», replicò lei. «Io mi chiamo Gloria», soggiunse.

«Allora, cominciamo la lezione», tuonò il professore, anche per porre fine al brusio scaturito dall'arrivo del nuovo compagno.

Con il trascorrere dei giorni, gli allievi e i docenti si resero conto che il nuovo alunno aveva una preparazione scolastica eccellente e questo gli valse il rispetto di tutti.

Ora che «Chignon» era stato definitivamente cancellato dai suoi desideri, Gloria si infatuò di lui.

Però, nel frattempo, era cresciuta e si guardò bene dal manifestare i suoi sentimenti.

Invece fu lui che, in un mezzogiorno d'inverno, all'uscita da scuola, le propose: «Vogliamo studiare insieme, oggi?»

Gloria sgranò su di lui uno sguardo stupito, e si affrettò a replicare: «Volentieri. Puoi venire da me dopo pranzo».

«Grazie. Però dovresti darmi l'indirizzo di casa.»

«Nel pomeriggio Giammaria Confalonieri viene qui a studiare», annunciò lei alla famiglia durante il pranzo.

«Tu sei matta a invitare il figlio del diplomatico. La nostra casa non è all'altezza di certa gente», protestò la madre.

«Carmen, basta così», disse il padre con fermezza. «Sai quanto gliene importa ai ragazzi se non puoi sfoggiare argenterie e cristalli di Boemia?» soggiunse.

«Veramente si è invitato lui. Possiamo stare nel tuo studio, papà?» domandò Gloria.

«Ma certo. Tra poco esco perché oggi ho un consiglio d'istituto», spiegò l'uomo.

«Esco con te, perché torno in università dal professor Raponi che mi aiuta a impostare la tesi di laurea», disse Ernesto.

«Che cosa vi preparo per merenda?» domandò la madre a Gloria.

«Non lo so. Quando sarà qui glielo chiederò», tagliò corto la ragazza.

Studiando con lui, quel pomeriggio, la ragazza si rese conto che il suo compagno traduceva brani dal latino e dal greco con incredibile facilità, senza bisogno di consultare il dizionario, e quando glielo fece notare, lui rispose: «Non è così difficile. Quando impari un paio di lingue, le altre vengono di conseguenza. Sono cresciuto in una famiglia dove si parla correntemente, oltre l'italiano, anche il francese e il tedesco, perché la mia mamma, Margarethe, ha un padre austriaco e una madre francese. Ho uno zio, vescovo a Gerusalemme, che parla il greco antico e moderno, il latino e l'arabo. In Israele l'ho frequentato per tre anni e a tredici anni parlavamo in greco, in latino e in arabo. Non ho alcun merito per tutto questo», spiegò.

«Già, tutto dipende dalla famiglia in cui si nasce, secondo te. Bene, io ho un padre che è professore di matematica e gioca con i numeri come un clown con le palline. Dice che la matematica è strettamente legata alla filosofia. Io amo la filosofia e detesto i numeri. Come te lo spieghi?» obiettò lei.

«Tu sei mancina?» le domandò.

«Lo ero, ma mia madre mi ha fatto diventare destrorsa a suon di scappellotti, quand'ero piccola.»

«Questa è la ragione che ti ha impedito di familiarizzare con i numeri. Non sto scherzando. Lei, senza saperlo, ha mutilato alcune delle tue capacità di apprendimento, spostando l'asse del tuo equilibrio mentale da sinistra a destra», spiegò.

«Non so se devo crederti», commentò lei, divertita.

«Avevo letto qualcosa sulla dislessia che spiegava quello che ti ho appena detto, con scarsa precisione. Ma, se vuoi, mi documento meglio», propose il compagno.

«Ti ringrazio, ma preferisco continuare a detestare la matematica, perché nella vita non è detto che tutto ti possa piacere», disse lei.

«Infatti. A me basterebbe sapere che io ti piaccio un po'», sussurrò Giammaria arrossendo.

Lei gli regalò uno sguardo malizioso e replicò: «Devo sentirmi lusingata?»

«Nemmeno un po'. Però non mi hai risposto. O forse sì. Scusa, chiudo l'argomento», balbettò imbarazzato.

«Ma certo che mi piaci. Sei bello, sei intelligente, sei un pozzo di scienza e non te la tiri. Non saremmo qui a studiare insieme se non mi piacessi», ammise lei con allegria.

«Bene! Andiamo avanti con gli esercizi», concluse il ragazzo, palesemente rassicurato.

«Qualche volta potresti venire tu da me a studiare», propose lui, quando era quasi ora di cena e stava per andarsene.

Quella sera, quando suo padre si ritirò nel suo studio per lavorare, lei lo raggiunse e gli disse: «Giammaria si è dichiarato».

«Ha fatto presto», constatò il professore.

«Papà, sono quattro mesi che mi sciolgo per lui, anche se mi sono trattenuta dal farglielo capire.»

«Sono contento per te», annuì lui, sorridendole.

«Ma la cosa rimane fra te e me», si raccomandò.

«Come sempre, figliola.»

20

ERANO gli ultimi giorni di scuola. Più lievi, per gli studenti che avevano brillantemente superato le interrogazioni di fine anno e pregustavano il piacere di tre lunghi mesi di vacanza. Più affannosi per gli altri che dovevano rimediare a una media scarsamente sufficiente e temevano di avere qualche debito da recuperare in autunno, all'inizio dell'ultimo anno, quello della maturità.

Durante l'intervallo di metà mattina, si riversavano tutti nei corridoi a consumare chiacchiere e merendine.

Le ragazze della classe di Gloria si erano raggruppate in uno spazio appartato a sussurrarsi le novità del giorno. Lei, che amoreggiava con Giammaria nel vano di una finestra aperta sul cortile, si sentì chiamare da una di loro.

«C'è una grande novità», le disse eccitata una compagna quando Gloria la raggiunse, lasciando solo il suo ragazzo.

«Allora?» domandò incuriosita.

«Tu sei tutta presa dal tuo biondino e non sai quello che è successo», le dissero.

«Aspetto che me lo diciate», si spazientì lei.

«Melania e Ivan l'hanno fatto», spiattellò Bianca Ranalli.

«Fatto cosa?» domandò Gloria.

«Oddio! Ci sei o ci fai?» sbottò una compagna.

A quel punto, Gloria capì a cosa si riferivano.

«Ma dai! Quando?» trasecolò.

«La notte scorsa. I genitori di Melania li hanno sorpresi a letto. Il padre ha urlato e ha spedito Ivan fuori di casa ancora mezzo nudo e lei è stata messa in punizione», raccontarono.

«È per questo che oggi nessuno dei due è a scuola?»

«Ovvio. Il padre di Melania ha convocato i genitori di Ivan in piena notte per dire che, se sua figlia è incinta, lui taglia il pisello al loro figlio. Capirai, i Grasso sono siciliani e lui, grande e grosso com'è, non ha mai sopportato quello stecchino di Ivan con i capelli lunghi e la faccia da deficiente», commentò un'altra compagna di classe.

«Ma voi come fate a sapere queste cose?» s'incuriosì Gloria.

«Mi ha telefonato Melania, quand'era passata la mezzanotte, e mi ha raccontato tutto. Io volevo sapere com'è stato fare l'amore con un ragazzo e lei mi ha detto che non è stato niente di che», riferì la compagna, con aria delusa.

Intervenne un'altra che insinuò con fare malizioso: «Tu dovresti saperlo, cara Gloria».

«Ma sei matta? La curiosità ce l'avrei, ma se lo facessi i miei mi spellerebbero viva», replicò.

«Ma sono mesi che tu e Giangi sembrate incollati con il silicone», osservò un'altra ragazza.

«Giammaria non è Ivan. È molto più corretto e responsabile. E io sono ancora troppo giovane per affrontare quest'esperienza. Forse, quando saremo all'università...» disse lei.

Suonò la fine dell'intervallo e gli studenti sciamarono verso le loro aule.

«Che cosa volevano le ragazze da te?» le domandò Giangi.

«Cose di donne», rispose lei, vaga.

Lui, discreto come sempre, non fece commenti.

Lei, invece, ripensò a lungo al dramma di Melania che, probabilmente, viveva ore disperate. Così decise di chiamarla nel pomeriggio.

«Come stai?» le chiese Gloria, perché era ormai lontano il tempo in cui, a causa di Ivan, era quasi arrivata a odiarla.

«Hai saputo tutto?» le domandò Melania.

«Già e mi dispiace», ammise lei.

«Anche a me, perché avevo fantasticato a lungo sulla mia prima volta. Adesso posso dirti che è stata la situazione più imbarazzante in cui mi sia mai trovata», confessò.

«Vuoi dirmi che fare l'amore non è così bello come ce lo siamo immaginato?»

«Gloria, non farmi scendere nei particolari. Posso solamente dirti che, se potessi tornare indietro, non lo rifarei. Tutto quello che leggi nei libri o vedi nei film è una palla clamorosa. E Ivan mi fa schifo. I maschi, a questo punto, mi fanno schifo. Lui non faceva che agitarsi su di me e sudava come un portuale. Insomma, non voglio dirti altro. Questa sera mia madre mi porta dal ginecologo, perché temono che io sia rimasta incinta. Ti rendi conto?» si sfogò tra i singhiozzi.

«Poverina, mi dispiace», sussurrò Gloria, sinceramente afflitta per l'oca della classe.

Nessuno si aspettava di vederla ricomparire a scuola il giorno dopo e confessare alle amiche: «Ma quale incinta? Il medico ha fatto una partaccia a mia madre. Le ha detto che non si umilia così una povera ragazza ancora vergine».

«Ancora vergine?» dissero in coro le compagne.

«Ivan non voglio più vederlo», affermò decisa Melania.

«Ti capisco», sussurrò Gloria, vedendo crollare il suo castello di desideri e di curiosità.

A quel punto avrebbe voluto confrontarsi con chi ne sapeva di più, ma non poteva rivolgersi ai suoi genitori.

Così tenne per sé le molte domande e accolse con sollievo la fine della scuola quando Giammaria le annunciò che sarebbe andato a Roma dal padre e poi sarebbero partiti per trascorrere le vacanze nella loro casa di Capalbio.

Prima di lasciarla le regalò un braccialetto da cui pendeva un cuoricino d'oro che recava incise le iniziali dei loro nomi.

«Così non mi dimenticherò di te?» gli domandò, divertita.

«Non potresti comunque, perché ti chiamerò tutti i giorni», affermò lui. «Tu dove andrai?» le chiese.

«Non lo so. È possibile che vada in Sicilia, a San Vito Lo Capo, con mio fratello e la sua ragazza che, con ogni probabilità, diventerà mia cognata.»

Ernesto, che si era laureato alla Bocconi, lavorava da alcuni mesi come operatore finanziario e Isabella, la sua fidanzata, era impiegata nell'agenzia di pompe funebri del padre.

Gloria aveva simpatizzato da subito con lei che era detestata da Carmen, perché le rivolgeva scarse attenzioni.

Gloria l'aveva eletta a sua confidente.

«Perché non vieni a Capalbio con noi? La mamma sarebbe felice di accoglierti», le propose Giammaria, che non si rassegnava all'idea di separarsi da lei. E glielo confessò.

Gloria era mortificata di non nutrire per lui lo stesso trasporto e non sapeva spiegarsene il motivo.

Pensava che dipendesse dal conflitto con Carmen che,

influenzata dal prestigio sociale del ragazzo, la spingeva a coltivare il rapporto con il figlio del diplomatico.

«Tu faresti qualunque cosa per contrariare tua madre», aveva detto il papà. E aveva ragione: più la mamma insisteva per spingerla verso Giammaria e più lei si ritraeva.

Ma, intanto, incominciava a pensare che anche per lei era arrivato il momento di fare il grande passo, considerando che ormai quasi tutte le sue amiche avevano saltato il fosso e, dalle loro confidenze, aveva capito che quella prima esperienza, che era stata tanto disastrosa per Melania, era risultata invece molto piacevole per le altre.

Del resto, il suo biondo innamorato aveva tutti i requisiti per diventare un compagno affidabile.

Alla vigilia della partenza di Giammaria per Capalbio, i due giovani avevano trascorso insieme l'intera giornata nella casa di campagna dei Confalonieri e, quando la nonna di lui, osservandoli, aveva sentenziato: «Siete proprio una bella coppia», lei ne aveva gioito.

Giammaria, stringendola al suo fianco, aveva replicato: «Un giorno, cara nonna, ti daremo alcuni nipotini altrettanto belli».

A quel punto lei si era sentita gelare perché mai, pur amandolo, si era immaginata nelle vesti di moglie e di madre e, quando furono soli, gli domandò: «Tu pensi davvero che ci sposeremo?»

«Non lo pensi anche tu?» le aveva chiesto lui.

Lei non riusciva ad accettare l'idea di legarsi a Giammaria per la vita.

Sorridendo, gli rispose: «Lasciamo fare al destino».

E mentì, perché la risposta vera sarebbe stata: «Io non voglio sposarmi e non voglio avere figli».

21

Lo disse apertamente, qualche anno dopo, all'uomo che amava.

«Amore mio, chiedimi tutto, ma non parlarmi mai di matrimonio né di figli», disse Gloria a Sergio, che aveva assistito alla discussione della sua tesi di laurea, superata con centodieci e lode e i complimenti del rettore e degli altri docenti.

«Non ne avevamo mai parlato prima, ma pensavo che, poiché stiamo insieme ormai da tre anni, tu volessi sposarti», replicò lui, sorpreso dalla sua affermazione.

Il professor Tagliaferri aveva organizzato una specie di rinfresco in un bar davanti all'Università Statale per «bagnare il suo dottorato», con gli amici più intimi della figlia che avevano assistito al conferimento della sua laurea.

Era un pomeriggio di giugno, Gloria e Sergio si erano alzati dal tavolo ed erano usciti dal locale con la scusa di fumare una sigaretta, perché lui voleva offrirle il suo regalo: uno smeraldo purissimo di taglio quadrato, arricchito da una corona di diamanti rettangolari.

Glielo aveva infilato all'anulare e si erano baciati sotto gli occhi dei passanti.

Subito dopo lui aveva formulato la sua richiesta di matrimonio, che lei aveva rifiutato.

«Ma io vorrei averti accanto per i prossimi cinquant'anni», soggiunse lui, guardando la sua ragazza con occhi adoranti.

«E io ci sarò, ma senza vincoli burocratici. Se c'è una cosa che ho imparato, vivendo con mamma e papà, è che il matrimonio inaridisce la passione e i figli ne pagano le conseguenze», disse lei.

Sergio, che era amico di Ernesto, conosceva bene la storia della famiglia Tagliaferri e più d'una volta aveva pensato che era un miracolo che i due fratelli non avessero imboccato strade sbagliate crescendo in un contesto famigliare che si nutriva di silenzi e tensioni tra il padre e la madre.

Ernesto aveva reagito sposandosi a ventiquattro anni, per lasciare al più presto la famiglia d'origine.

Gloria, invece, aveva maturato un'avversione istintiva per il matrimonio e la maternità.

Pertanto la sua reazione non ferì Sergio. Sapeva che Gloria lo amava sinceramente e sarebbe stata una buona compagna.

Così replicò: «In fondo il ruolo di fidanzati a vita non mi dispiace».

Lei gli sorrise, gli scoccò un piccolo bacio sulla punta del naso e sussurrò: «Ti amo». Poi aggiunse: «Torniamo dagli amici».

Gloria aveva conosciuto Sergio al ricevimento di nozze di suo fratello con Isabella Recalcati.

All'epoca frequentava il secondo anno della facoltà di Scienze della comunicazione e la sua prima storia d'amore con l'avvenente Giovanni Maria Confalonieri di Santo Stefano era finita quando lui era partito all'improvviso per gli Stati Uniti, perché al padre era stato assegnato un incarico presso l'ambasciata italiana a Washington. Ricordava ancora due grosse lacrime sulle guance abbronzate di Giammaria il giorno in cui le aveva detto addio.

Anche lei aveva pianto e si era sentita molto sola perché, sebbene i loro rapporti più intimi si fossero limitati ai baci, lo amava sinceramente e gli aveva detto: «Non scrivermi, non telefonarmi, non tenermi legata a tutti i costi. Se il destino ci farà incontrare di nuovo, vedremo se ci amiamo ancora».

A vent'anni, Gloria aveva superato tutti gli esami del primo anno della facoltà di Scienze della comunicazione. Non aveva ancora le idee chiare sulla professione che avrebbe scelto, ma era consapevole delle sue capacità organizzative.

Tanto che accettò il compito di organizzare le nozze del fratello.

La famiglia della futura cognata era originaria di Bellagio, una delle località più famose del lago di Como.

«Non vi piacerebbe sposarvi lì, invece che a Milano?» indagò Gloria, dopo aver accettato l'incarico.

L'idea venne accolta e lei si affrettò a pianificare la cerimonia, il ricevimento e il viaggio di nozze, sapendo di non doversi preoccupare delle spese, perché la famiglia della sposa disponeva di un budget illimitato.

Era la fine di giugno, il clima era gradevole, la prospettiva del lago si coniugava all'atmosfera romantica delle nozze e lei decise che il pranzo si sarebbe svolto nel giardino all'hotel *Villa d'Este*, dove vennero riservate anche le camere per gli ospiti e la suite per gli sposi.

«Per essere una che non crede nel matrimonio, hai organizzato un evento in grande stile», commentò Ernesto, che si era deciso al grande passo perché Isabella era al secondo mese di gravidanza.

«Ti ringrazio, fratellino. Spero che tu non ti debba mai pentire di esserti sposato», gli bisbigliò sorridendo.

«Hai presente mamma e papà? Quando ci sono dei figli, si hanno delle responsabilità nei loro confronti», disse lui.

«Infatti noi siamo stati due figli felici», replicò lei, con ironia.

«Proprio per questo eviterò sempre di seguire il loro esempio», garantì lui.

Gloria lo abbracciò.

«Ti voglio bene, Ernesto. Sono sicura che tu e Isabella starete bene insieme», gli disse.

Nei bellissimi giardini del grande albergo sul lago, il pranzo andava per le lunghe e Gloria, a un certo punto, si alzò da tavola e si allontanò verso il fondo del giardino.

Sedette su una panchina di pietra, davanti al lago, lasciandosi cullare dallo sciabordio delle onde sulle quali galleggiavano pigre anatre iridescenti.

Era stanca, annoiata e non vedeva l'ora che tutto si concludesse per tornare a Milano.

Arrivavano fino a lei il chiacchiericcio e le risa dei commensali, ed ebbe la sensazione di non essere sola.

Girò lo sguardo alla sua destra e la cornice di un oleandro in fiore inquadrò la figura di un uomo che sembrava uscito da una pagina di *Vogue*. Era una specie di indossatore con un bel viso, l'eleganza innata, la scioltezza rilassata, tipica degli individui «nati bene». La guardava con un mezzo sorriso, che lei ricambiò.

«Sei molto graziosa e un pochino seccata», disse lui, restando dov'era.

«Ci conosciamo?» gli domandò lei.

«Non ancora, però ti avevo notato in chiesa, stamattina. E poi qui, al pranzo. Ho chiesto chi fossi al mio amico Ernesto e mi ha detto che sei la sua sorellina. Non c'è stato tempo per le presentazioni, perché eri superimpegnata. Infine, ti rivedo qui. Se ti disturbo, me ne vado subito.»

Un'orchestrina incominciò a suonare uno dei soliti

stucchevoli valzer viennesi che gli sposi avrebbero sicuramente ballato.

Lei gli tese la mano, dicendo: «Sono Gloria».

Invece di stringergliela, lui la sfiorò con le labbra.

«Ciao, Gloria. Io sono Sergio.»

«Amico di mio fratello», precisò lei.

«Ero un suo cliente, quando lavorava in banca e gestiva il mio denaro.»

«Spero in modo soddisfacente», disse Gloria.

«Sono sempre stato soddisfatto del suo operato», affermò Sergio. Poi soggiunse: «Vado a salutare gli sposi e torno a Milano. Tu che cosa fai?»

«Torno con te», rispose inaspettatamente Gloria e si affrettò a dire: «Se avrai la bontà di aspettare qualche minuto, perché devo congedarmi dagli sposi e dai miei genitori».

«Posso aspettarti per tutta la vita, se me lo chiedi», confessò lui con un sorriso.

Ripensando a quel pomeriggio di fine giugno, Gloria ribadì: «Essere la tua fidanzata mi rende felice. Con una fede al dito, il nostro legame diventerebbe un obbligo, invece di essere solo un piacere».

Sergio annuì, perché la capiva, conoscendo la sua storia famigliare.

22

Il trillo del telefono interruppe bruscamente il flusso dei ricordi. La tazza della cioccolata era vuota. Sul tavolo rimanevano le briciole della crostatina con la marmellata.

Il grande orologio a pendolo nell'anticamera batté nove colpi. Si affrettò verso il soggiorno per prendere il cellulare che suonava e rispose a Sergio, mentre si rannicchiava sul divano.

«Gloria, come stai?» le domandò.

«Ho avuto una giornata piena. Stamani ho lavorato, poi sono andata a trovare mio padre. Questa sera non avevo voglia di cucinare e ho cenato con latte, cacao e una crostata di amarene. Credo che, tra poco, andrò a dormire. Dimmi di te», rispose.

«Ti ho chiesto come stai, non che cosa hai mangiato», insisté lui con un tono materno che la intenerì.

Allora lei se lo immaginò solo, in una stanza d'albergo, il volto segnato dalla barba di un giorno, gli occhi arrossati dalla tensione per i chilometri percorsi in automobile, stremato per gli incontri con i clienti nuovi e con quelli di vecchia data. Comunque non le avrebbe detto che era stanco, come non le faceva pesare i suoi problemi. Non si lamentava mai di aver rinunciato al lavoro di ingegnere meccanico, che amava moltissimo, per non deludere il padre che aveva creato quell'impresa in anni lontani, l'aveva gestita come una creatura cara e preziosa e gliela aveva poi consegnata perché la facesse prosperare.

Sergio era un uomo di parola, e aveva tenuto fede alla promessa fatta al padre, così come vent'anni prima aveva promesso di prendersi cura di lei, anteponendo i bisogni di Gloria ai suoi.

Ora lei doveva rispondere alla sua domanda.

«Mi manchi», gli disse in un sussurro.

«Anche tu, tesoro, mi manchi», bisbigliò Sergio, commosso.

«Ricordi i nostri primi anni, dopo la mia laurea, quando ti accompagnavo in questo tour de force?» replicò lei, assecondando la voce del cuore.

«Non erano spostamenti tanto faticosi perché eravamo più giovani», le ricordò Sergio.

«Perché ho smesso di accompagnarti?» gli domandò ora.

«Se non ricordo male, a un certo punto hai creato una agenzia di eventi con il tuo amico Vieri, e non avevi più molto tempo libero», disse Sergio. E soggiunse: «A proposito, Vieri come sta?»

«Sembra che la convalescenza sia più lunga del previsto e io mi ritrovo sulle spalle anche il suo carico di lavoro», spiegò.

«Gloria, abbi cura di te», si raccomandò lui.

«Lo faccio. Fallo anche tu, Sergio.»

Si salutarono e Gloria si rese conto che quei pochi minuti di dialogo telefonico con il suo compagno erano stati sinceri, piacevoli, rasserenanti.

Si distese sul divano, si coprì con un plaid, accese la tivù e, guardando un episodio di una serie a tinte rosa, si addormentò.

Quando riaprì gli occhi, la luce opaca del mattino domenicale rischiarava il soggiorno e Gloria realizzò di trovarsi ancora vestita sul divano. Il televisore si era spento in automatico nel corso della notte. L'orologio a pendolo batté otto colpi. Aveva dormito per undici ore di seguito e non si era mai sentita così bene, tanto che si stiracchiò soddisfatta. Si rimise in piedi e salì al primo piano per farsi una doccia. Era serena e, guardandosi allo specchio, si sorprese a sorridere. Allora si truccò e si vestì con cura. Scelse di indossare un tailleur color fragola, che rispecchiava il suo buonumore. Scese in cucina a fare colazione e spedì un WhatsApp a Sergio.

«Buongiorno, Sergio caro. Come stai? Oggi sarò a pranzo da tuo padre e spero che la Preciosa cucini qualcosa di buono. Nel pomeriggio forse andrò al cinema oppure a trovare un'amica. Stasera ti dirò dove sono stata. Approfitta della tua domenica per rilassarti un po'. Ti voglio tanto bene. Gloria», scrisse.

Uscì, si recò all'edicola a comperare un paio di quotidiani, passò davanti alla chiesa del Redentore, entrò, assistette a una messa e, quando si inginocchiò per pregare, sussurrò: «Cara Vergine Maria, madre di Gesù, tu sei donna e puoi capirmi. Io amo il mio Sergio, ma sono attratta anche da Bruno. Ti sembra tanto disdicevole? Dopotutto, è solo un innamoramento. Dunque, aiutami a non sentirmi in colpa. Amen».

Si fece il segno della croce, si rialzò, uscì felice dalla chiesa e, dal suo cellulare, inviò un messaggio a Bruno: «Che cosa fai oggi pomeriggio?»

Andò in pasticceria ad acquistare un vassoio di dolci da portare al padre di Sergio e, sul punto di suonare il citofono del suo appartamento, ricevette la risposta di Bruno: «Dimmi dove e a che ora ci vediamo».

Invece di premere il pulsante, Gloria si allontanò dal portone. Alzò lo sguardo al cielo rischiarato da un timido sole. Mosse alcuni passi incerti lungo il marciapiede e intanto rilesse il messaggio che Sergio le aveva inviato in risposta al suo: «Sono allo *Steigenberger* di Bruxelles. Te lo ricordi? C'è ancora Dominique, il barman che ci offriva un cocktail allo champagne, con la ciliegina sciroppata che ti piaceva tanto. Questa sera, Monsieur Dujardin e signora mi ospiteranno a cena a casa loro. Che cosa mi consigli di portare: fiori o champagne?»

Digitò la risposta: «Fiori per Madame (un bouquet

colorato) e champagne per Monsieur. Penso che io andrò a letto prestissimo. Baci».

Tornò a sorridere, gonfia di tenerezza per il suo uomo, e intanto pensava: Ha ragione il mio papà.

Ricordò le parole che le aveva detto il giorno prima: «Se ami profondamente il tuo compagno, non smetterai di amarlo se, per una volta, attraversi un periodo in cui, al posto della solita minestra, sei tentata di fare una grande abbuffata di patate al forno con il caviale».

Allora rispose al messaggio di Bruno: «Alle tre. Scegli tra il *Ginrosa* e casa tua». Lo inviò e tornò davanti al portone del palazzo in cui abitava l'ingegner Lavagnolo. Suonò il citofono e, poco dopo, abbracciò il padre di Sergio.

«Quando arrivi tu, è come se in casa entrasse il sole», la adulò il suocero e si affrettò ad aggiungere: «Auguriamoci che la donna baffuta dia il meglio della sua arte culinaria. Sta impiattando un risotto al radicchio rosso che ha un buon profumo. Spero che ti piaccia».

L'ingegner Lavagnolo era un bel vecchio. Alto, asciutto, scattante e vivace, a dispetto di un problema cardiaco che, però, era ben compensato da una dieta sana e dai farmaci che assumeva regolarmente.

Poiché era vedovo, da alcuni anni era affiancato da una governante che viveva con lui.

La prima, Ivona, era stata una polacca quarantenne che aveva mirato a farsi sposare, nella speranza di rimanere presto vedova.

Era una bella donna, dal passato losco, che Gloria aveva scoperto con l'aiuto di un amico commissario di polizia. Ed era stata cacciata.

Con l'aiuto di Andreina, invece, aveva assunto la Preciosa, una sudamericana poco avvenente per l'ingegnere che amava le belle donne.

Lui le aveva imposto di radersi i baffi ogni mattina. A parte questo difetto, era rigorosa, efficiente, teneva la casa pulita e aveva imparato a cucinare molto bene.

L'uomo aveva dimenticato gli ardori giovanili e si era adattato alla sua presenza.

Mentre stavano per mettersi a tavola, Gloria ricevette la risposta di Bruno: «Alle tre al *Ginrosa* e dopo a casa mia».

23

Andreina stava tenendo un colloquio nel suo ufficio, per l'assunzione temporanea di due commesse che dovevano sostituire altrettante dipendenti che sarebbero rimaste a casa in maternità.

Il suo compito era quello di valutare il personale non solamente sulla base di referenze scritte ma anche sulla simpatia che suscitavano a un primo approccio, sulle capacità di eloquio, sulla correttezza dei modi. Aveva intervistato una decina di ragazze che non le erano piaciute.

La donna che aveva di fronte adesso era una quarantenne che non aveva nessuna esperienza di vendita al banco, poiché veniva da un'agenzia di collocamento del personale domestico da cui intendeva fuggire, perché, disse: «Ormai sono stanca di raggirare le persone che cercano domestiche, cuochi, badanti, guardarobiere. Mi sento una truffatrice, perché questa agenzia, come tante altre, incassa denaro imbrogliando i clienti».

«Non capisco», osservò Andreina.

«Glielo spiego in due parole. Metta che lei abbia urgenza di avere una governante a tempo pieno. Si rivolge alla mia agenzia esponendo le sue necessità. Quelli le dicono che è disponibile la persona giusta con una lunga esperienza. Lei chiede di vederla. Allora l'agenzia le comunica che, per vederla, deve pagare cinquecento euro più Iva da versare immediatamente tramite bonifico bancario e, se non andasse bene, proporranno altro personale qualificato.

«Si presenta una donna accettabile e tu vuoi assumerla subito. Lei ti dice che non ha i documenti con sé e tornerà il giorno seguente. Poi scompare e l'agenzia ti dice che la tua casa non era di suo gradimento. Allora ti arrivano altri contatti: una non parla italiano perché è indiana, una sta a Bologna e devi pagarle il viaggio perché venga a presentarsi. Infine, per disperazione, ne scegli una a caso. Scopri che non sa fare nulla e non ha voglia di lavorare. La assumi in prova per sette giorni, ma sei giorni dopo lei si ammala e manda un certificato medico, che viene rinnovato. Alla fine ti sei tenuta in casa un'incapace che non ha lavorato per sette giorni, è stata ammalata per un mese e devi pagarla comunque. Io mi sono stancata di queste truffe e cerco un lavoro onesto.»

Andreina la ascoltò allibita e subito pensò a Maria Sole che aveva un bisogno disperato di una donna fissa.

«Le persone che ti prendi in casa si trovano con il passaparola nella sfera delle proprie conoscenze», osservò la donna con cui stava parlando.

In quel momento trillò il cellulare e lesse il nome di Maria Sole.

«Scusami se ti disturbo. Sarò velocissima. Voglio ricordarti che sono ancora senza domestica», disse l'amica.

«Questa sera, forse, riceverai una buona notizia. Ti chiamerò io», replicò Andreina e chiuse la comunicazione.

Poi si rivolse alla quarantenne che cercava un lavoro onesto. Analizzò attentamente la sua documentazione, compresa la sua ultima busta paga.

«La Tulip non potrà mai offrirle questo stipendio», le disse.

«Lo immagino. Ma sa che cosa penso, dottoressa Romano? Meglio pochi, ma onesti, piuttosto che tanti, ma truffaldini», concluse.

«Non ho ancora finito. Tra il personale che passa attraverso la sua agenzia, ha mai individuato una persona abile e fidata che sappia accudire un bambino di sette mesi?» le domandò.

«Raramente. Il personale domestico di valore non resta mai senza lavoro, perché il nostro è un Paese di anziani che necessitano di assistenza e di madri impegnate nel lavoro che hanno bisogno di qualcuno che accudisca la casa e i figli», le spiegò la donna.

Andreina si decise a spiegare: «Una mia cara amica ha

bisogno di qualcuno che si prenda cura della casa e del figlio che ha sette mesi. Ha un suggerimento?»

«Mia suocera. Ha sessant'anni, ha cresciuto tre figli, ora è vedova e la pensione del marito è poca cosa. Garantisco per la sua correttezza e competenza.»

«La chiami e la faccia venire qui. Voglio vederla. Lei torni domani con tutta la documentazione e la accompagnerò dal capo del personale», concluse Andreina, congedandola.

Quella stessa sera, telefonò a Maria Sole.

«Prendi nota di questo numero», le disse.

«Hai trovato una sostituta di Soledad?»

«Infatti. È italiana, anzi milanese. L'ho incontrata, le ho parlato e mi ha convinta. Comunque la assumi in prova e ti accorgi subito se funziona. Lei può venire da te anche domattina.»

«Non ci posso credere! Pensa che ero sul punto di rivolgermi a Mariano», le confessò Maria Sole.

«Tutto, pur di tenere lontana tua madre», osservò Andreina e proseguì: «Non sai che cosa farei io per avere accanto la mia mamma», la rimproverò.

«Ti capisco, ma tu devi capire me. Tua madre non era come Ludovica che non ha ancora preso atto del fatto che sono cresciuta e, temo, che continuerà a ignorarlo», spiegò Maria Sole.

«Dalle tempo, e le cose si aggiusteranno tra voi. Come va con Alberto?»

«Mi sta chiamando adesso. Scusami, ci sentiamo dopo.»

Andreina era al sesto mese di gravidanza e ormai la sua condizione di mamma in attesa era evidente.

Ogni mese si sottoponeva alla visita della sua ginecologa che la rassicurava sull'andamento della gestazione.

La presenza di Adele, che la conosceva fin da quando era bambina, era un sostegno importante perché era stata accanto alla sua mamma quando era nelle sue stesse condizioni.

Emise un sospiro penoso pensando a Bill Foster, l'uomo che amava, che viveva con la sua famiglia al di là dell'oceano e non sapeva nulla della gravidanza.

Raggiunse la vecchia Adele, che era nel soggiorno a confezionare golfini e babbucce per il bambino che sarebbe nato a maggio.

«Come stai, figlia bella?» le domandò, sorridendole.

Andreina le sedette accanto.

«Sto bene. Che cosa dice il telegiornale?»

«Cose brutte, mia cara. Parlano di questo virus che viene dalla Cina e della coppia di turisti cinesi che sono ricoverati all'ospedale Spallanzani di Roma. Stanno male e ora temono che questa brutta malattia sia arrivata in Italia.»

«Lo so. In azienda stanno acquistando mascherine e guanti in lattice. Seguono le indicazioni che arrivano dalle filiali di Pechino», spiegò Andreina.

«Figlia bella, io sono una vecchia ignorante, ma mi pare che questi politici dicono e si contraddicono. Non ci capisco niente», commentò Adele.

«Consolati, perché non capiscono niente neanche quelli che ne scrivono sui giornali e ne parlano alla tivù. Ma vedrai che qui non sarà come in Cina», la confortò.

«Pregherò la beata Vergine perché vegli su di te e sulla creatura che porti in grembo», sussurrò la donna.

«E vedrai che la beata Vergine ti ascolterà», concluse Andreina, dandole una carezza.

24

Il giovedì successivo, durante la cena nella saletta Ottocento della signora Pia Mantovani, l'argomento di punta fu proprio quello del virus cinese.

«Io sono andata in farmacia a chiedere le mascherine e non le ho trovate. La dottoressa mi ha detto che ha venduto quelle che aveva e ha chiesto un rifornimento. Mi ha spiegato che queste mascherine che usano i medici negli ospedali vengono prodotte in Cina, ma adesso la Cina è isolata e non sanno dove andare a comperarle», spiegò la padrona di casa, che era in attesa di raccogliere le ordinazioni per la cena delle quattro amiche.

«Non ci pensi, signora Pia. Ieri sera, il governatore della nostra regione ha detto alla tivù che le mascherine non servono», la rincuorò Maria Sole.

«Lo dice anche Trump, che si è messo a fare il muso duro con i cinesi e comunque sostiene che questo virus non arriverà mai in America e qualora arrivasse sarà come una semplice influenza», disse Carlotta.

«Capirai! Ha parlato lo scienziato, il grande virologo di fama internazionale», sentenziò Gloria. Poi raccontò che Vieri Campini, ormai guarito, era stato vittima di un'infezione che assomigliava tanto al virus cinese. Infine disse: «Per ora si parla di epidemia, ma Bruno Arconati mi ha riferito che inizia a serpeggiare la voce di una pandemia. Le poche informazioni che arrivano dalla Cina sono tragiche».

«Per favore, non pronostichiamo catastrofi. Io aspetto un figlio e non voglio comunicargli le mie ansie. Quindi, parliamo d'altro», si ribellò Andreina.

«Giusto. Io ho appena assunto una brava donna che non mi fa rimpiangere la mia Soledad. Anzi, mi domando come ho potuto sopportarla tanto a lungo. Ed è tutto merito di Andreina», disse Maria Sole. E spiegò la singolare assunzione della nuova domestica, la signora Antonella, senza trascurare di concludere: «Naturalmente, la mia mamma troverà il modo di criticarla, unicamente perché non l'ha scelta lei».

«Esattamente come fai tu con lei. Quand'eri ragazza, Ludovica ti andava benissimo come madre. Da quando la vita ti ha ferito, le addossi tutte le colpe. Smettila di essere tanto spietata. Dopo la morte di tuo fratello, le sei rimasta solo tu. È una madre che soffre ed è come se tu sparassi sulla Croce Rossa», la rimproverò l'amica.

«Adesso mi fai sentire un verme», protestò l'altra.

«Perché lo sei», intervenne Carlotta.

«Basta così, per favore», sussurrò Maria Sole, sentendosi colpevole. Poi ebbe un moto di rivalsa sull'amica e le rinfacciò: «Comunque, nemmeno tu hai un bel rapporto con tua madre».

«Se è per questo, neppure io ho un rapporto idilliaco con la mia, ma non sono spietata come te», osservò Gloria.

A quel punto, Maria Sole si arrabbiò. «Vi siete coalizzate contro di me? Un attimo fa mi sentivo in colpa verso Ludovica e ora mi sento il bersaglio dei vostri strali. Mi dite che cosa vi ho fatto di male?» domandò la più piccola del gruppo, che sembrava sul punto di piangere.

Nella saletta calò il silenzio. Poi, in coro, le tre amiche le dissero: «Scusaci».

«Io vi scuso, ma voi dovete essere obiettive. Ho passato la vita a pendere dalle labbra di mia madre che si vantava con le amiche di avere una figlia docile. Più che docile, mi aveva cresciuta come se fossi una minorata mentale. Il disastro del mio matrimonio, progettato e perfezionato da mia madre e mia suocera, mi ha dato un tale scrollone che mi ha svegliata di colpo, e dal dolore del mio naufragio coniugale ne sono uscita più responsabile e determinata. Ho capito che devo prendere le distanze da quelle due e soprattutto devo vivere la mia vita. Ora sono serena, so che mi vogliono bene, ma le tengo a distanza perché capiscano che so cavarmela benissimo anche da sola. Con Alberto sto scoprendo le gioie dell'amore romantico e anche il piacere di fare sesso. Non so se lui sarà l'uomo della mia vita, ma so che con lui sto bene e questo mi basta. Verrà il tempo in cui tornerò a essere una figlia amorevole e una nuora gentile. Ma per ora non voglio farle partecipi della mia vita, delle mie scelte, dei miei problemi», spiegò Maria Sole, tutto d'un fiato.

«La bella addormentata nel bosco si è svegliata», osservò Gloria, sorridendo compiaciuta.

«Non ho ancora finito», proseguì Maria Sole. «Adesso vengo ai vostri conflitti materni, perché ho riflettuto anche su di voi che siete una parte importante della mia vita e, insieme, ci sentiamo una famiglia. Mi rivolgo a te, Andreina. Eri bambina quando tua madre, dalla Puglia, è venuta a lavorare a Milano, affidandoti alla famiglia inospitale dei tuoi zii, che consideravano tua madre una poco di buono e ti definivano figlia del peccato. C'era solamente Adele, una contadina del tuo paese, che qualche volta ti offriva la sua tenerezza. Allora avevi cominciato a prendere le distanze dalla tua povera mamma e, via via che crescevi e frequentavi le scuole migliori pagate da lei con non pochi sacrifici, diventavi sempre più gelida con quella santa donna e quando, dopo la maturità, sei salita al Nord andando ad abitare con lei nella bella casa dove vivi tutt'ora, eri un pezzo di ghiaccio, persino incapace di innamorarti di un uomo. L'amore lo hai scoperto solamente con Bill Foster, il bell'americano che ha un unico difetto, quello di essere sposato. E hai ritrovato il legame affettivo con tua madre che non aveva mai smesso di amarti. Tu sola, fra tutte noi, hai avuto la fortuna di avere una mamma che ti ha sempre capita e assecondata. È stata così generosa da lasciarti in eredità non solamente un piccolo patrimonio finanziario, ma anche Adele che ora vive con te e che ti aiuterà a crescere il bambino che porti in grembo. Invece, tu Carlotta e tu Gloria, alla vostra tenera età, non avete ancora risolto i conflitti con le vostre madri. Datevi una mossa, invece di criticare me perché tengo a distanza la mia. Ho finito.»

Le amiche l'avevano ascoltata senza fiatare e, a questo punto, dopo uno scambio di sguardi, si levarono in piedi e la applaudirono, in una specie di standing ovation.

Maria Sole si rese conto che la guardavano con rispetto, e Carlotta sussurrò: «Abbiamo evocato un mostro che ora ci sta dominando».

«Mi prendi per i fondelli?» si insospettì la giovane.

«Non sono mai stata così seria. Ci hai messe in riga come soldatini. Gloria e io dovremo affrontare i conflitti con le nostre madri», convenne Carlotta, mentre Gloria annuiva pensosa.

«Ma non lo faremo adesso, anche perché ho bisogno di raccontarvi di me e di Bruno», dichiarò Gloria.

Il cameriere entrò nella saletta per servire i dessert: pera cotta al forno con miele e succo d'arancia per Andreina, torta di zucca con amaretti per le altre.

«Allora?» la sollecitò Carlotta, non appena il cameriere uscì.

«Allora domani torna Sergio e io, francamente, sono felice di riabbracciarlo.»

«E il bel chirurgo dove lo metti?» domandò Andreina.

«Dopo il rovente pomeriggio domenicale, sono più che mai convinta che non me la sento di rinunciare a lui. Fare l'amore con Bruno è stata un'esperienza troppo esaltante per non desiderare di ripeterla. Ragazze, ve lo dico, sono ufficialmente bigama e non mi vergogno di dividermi tra il mio Sergio, che mi è tanto caro, e il mio Bruno che mi fa rabbrividire di piacere non appena mi sfiora.»

25

«Li vedo bene i vostri sguardi a mezza via tra l'apprensione e l'invidia», osservò Gloria.

«Invidia sì, perché c'è chi ha troppo, come te, e chi non ha niente come me. Apprensione tanta, perché ti sei messa in un grosso guaio da cui non so come potrai uscire», osservò Andreina, che dopo Bill difficilmente si sarebbe innamorata di un altro uomo.

«Siete tutte delle infami! Proprio qui, a questo tavolo, Carlotta mi aveva suggerito di fare la prova del nove e voi», disse puntando il dito verso ognuna di loro, «avevate annuito convinte. Io l'ho fatta la prova del nove. Risultato: mi piacciono tutti e due. Sergio perché mi dà la serenità, perché è una dolce abitudine alla quale non voglio rinunciare, e Bruno perché è ugualmente dolce, ugualmente affidabile e mi offre un piacere nuovo. Non esiste una ragione per cui dovrei rinunciare a uno dei due.

Dopotutto, non riesco a fare una scelta, perché mi stanno bene entrambi.»

«Questa storia, prima o poi verrà a galla. Allora che cosa farai?» domandò Andreina.

«Lascerò che i miei due uomini si sfidino a singolar tenzone e che vinca il migliore», declamò con aria teatrale.

«Non scherzare, perché la faccenda è seria», disse Carlotta.

«Lo so. Ma non ci voglio pensare. E se finirò nei guai, ci sarete voi a sostenermi», decise lei, con la determinazione di una ragazzina incosciente.

A cena conclusa, Carlotta insistette per riaccompagnare a casa Andreina.

«Così mi offri una tisana», le disse. E soggiunse: «A meno che non sia troppo tardi per te».

«Mi fai un favore, invece. Più si avvicina il parto e più avverto la mancanza di Bill», confessò l'amica.

«Lo immagino e, qualche volta, ti invidio, perché io non conoscerò mai il piacere di essere mamma. E, francamente, ora che sto con Gianni un po' mi spiace. Quanto al tuo innamorato americano, hai deciso tutto tu. Lui volerebbe da te, se sapesse come sei messa.»

«E io sarei responsabile dello sfacelo della sua famiglia. Non ci sto a addossarmi questa colpa. E, se devo essere sincera fino in fondo, qualche volta penso che mi abbia dimenticata, perché non si è più fatto sentire dal giorno in cui l'ho pregato di non mandarmi più le sue mail strappalacrime.»

Salirono nell'appartamento di Andreina.

«Mi sembra ieri quando lavoravo nello studio legale al piano rialzato di questo palazzo e, di tanto in tanto, venivo qui a fare scorpacciate di orecchiette al sugo preparate da tua madre», ricordò l'avvocatessa.

«Sono passati più di dieci anni. La mia mamma non c'è più, ma c'è Adele che mi cucina le orecchiette, il purè di fave e foglie, la tiella di riso, patate e cozze e altre specialità della nostra cucina. Perché non vieni a pranzo da noi, qualche domenica?»

«Perché la domenica è dedicata a Gianni. Con il mio lavoro e il suo, durante la settimana ci incontriamo raramente. Ed è il modo migliore per essere felici quando si sta insieme.»

«Allora presentati in una serata infrasettimanale, così rivedrai Adele che avevi già incontrato a Porto Cesareo, quando ci fu il funerale di mamma. Lei sarebbe felice di vedere te e anche Gloria e Maria Sole. Questa santa donna si lamenta perché dice che le faccio fare la vita della signora e vorrebbe che licenziassi la domestica che mi tiene in ordine la casa. Ma io sono previdente. Quando nascerà il cucciolo e tornerò a lavorare, lei non ce la farà a occuparsi del bambino e della casa. Tieni presente che ha passato la sessantina e non può sobbarcarsi due lavori», spiegò Andreina.

Le tisane alla malva e passiflora erano pronte e andarono a sorseggiarle nel salotto.

«Io so perché parli tanto», disse Carlotta.

«L'hai capito? Voglio evitare l'argomento Bill Foster.»

«Davvero non vuoi parlarne?»

«Lui verrà in Europa, per il solito giro annuale delle filiali della Tulip, all'inizio di marzo. Immagina in quale situazione mi mette questa visita. Vedrà il mio pancione e non so come reagirà», confessò Andreina.

«In dicembre hai potuto nascondergielo. Questa volta, poiché non è scemo, farà due conti e capirà che il figlio è suo», ragionò Carlotta.

«Ho pensato di mettermi in malattia per i due giorni in cui si fermerà a Milano.»

«Pensi che non ti cercherà? Che non gli diranno che sei in dolce attesa? Andreina, svegliati! È meglio che tu gli scriva e gli racconti tutto. Prima o poi, questa paternità va affrontata e tu devi smetterla di preoccuparti per sua moglie e le sue figlie. Quello è un problema suo», disse Carlotta.

«Parla l'amica o l'avvocato?»

«Tutte e due.»

«Carlotta, ho sonno e vado a dormire. Bill andrà prima in Inghilterra, poi in Portogallo, quindi in Francia e così via. Sarà in Italia solamente a metà marzo. Da qui ad allora, ci penserò», ribatté sbrigativamente.

«Vado via subito. Saluta la tua Adele per me.»

Quando Andreina si coricò, come d'abitudine, controllò la posta sul suo tablet.

Lesse una comunicazione aziendale diretta a tutto il personale della Tulip Incorporated. Suggeriva l'impiego di mascherine per tutti i dipendenti che lavoravano a contatto con il pubblico, precisando che sarebbero state a disposizione negli spogliatoi a partire dalla settimana successiva, per proteggersi da un eventuale contagio del virus cinese denominato Covid-19.

Erano le undici e mezzo di sera e lei era sul punto di spegnere il tablet, quando le giunse un *clock* e subito comparve l'icona di una mail in arrivo.

Il mittente era Bill Foster.

Sentì un tuffo al cuore e si chiese se aprire la posta o ignorarla.

In entrambi i casi non sarebbe riuscita a dormire. Quindi aprì la lettera.

Lesse:

Cara Andreina, non intendo eludere la tua richiesta di chiudere la nostra storia ma, come già saprai, in marzo sbarcherò nel vecchio continente.

Se preferisci, posso fare in modo di rimanere nella sede milanese della Tulip per il tempo necessario a una supervisione sommaria e ripartire subito dopo. Un forte abbraccio.

Bill

Negli occhi le spuntò una lacrima e, d'impulso, rispose:

Non lasciare solo a me la responsabilità di una decisione. Regolati ascoltando la voce del buonsenso e non quella del cuore. Ricambio l'abbraccio.
Andreina

Poi chiuse il tablet, si accarezzò il grembo e disse al suo bambino: «Ha scritto il tuo papà, che non sa e non deve sapere. Io ti farò da madre e da padre, e noi due insieme saremo felici».

Spense la luce, si asciugò le lacrime con il lenzuolo e aspettò che l'accogliesse un sonno profondo.

26

QUELLA sera, rincasando, Maria Sole trovò il suo ex marito disteso sul divano del soggiorno accanto al loro bambino.

Dormivano profondamente tutti e due. Sul televisore, ancora acceso con l'audio bassissimo, scorrevano le immagini di un programma sulla vita degli animali nella savana africana.

Allora andò in bagno a prepararsi per la notte e dopo, con mille cautele, si accostò ai due begli addormentati.

Li osservò con tenerezza, poi sollevò il figlio per trasferirlo nel suo lettino.

Michele, da alcuni giorni, aveva ripreso a dormire nella sua cameretta e lei lo accoglieva nel suo lettone solamente quando il piccolo si svegliava nel cuore della notte.

Tornò nel soggiorno rischiarato dalla luce fioca di una lampada.

Mariano stava ancora dormendo.

Allora, con un gesto materno, lo coprì con uno scialle di lana e poi andò a coricarsi nella sua camera, dicendosi che Mariano era stato un pessimo marito, ma si stava rivelando un padre dolcissimo.

Si era addormentata da poco quando il suo bimbo prese a strillare. Allora si alzò ed entrò nella sua cameretta. Mariano lo stava già prendendo in braccio.

«Torna a letto. Penso io a lui», le sussurrò l'ex marito.

«Bisogna cambiarlo e dargli la camomilla, così si calma», disse Maria Sole.

«Te lo ripeto, mi occupo io di lui.»

Lei tornò a letto rassicurata.

La sorpresa la colse alle sei del mattino, quando aprì gli occhi su un nuovo giorno e vide Michele e Mariano che dormivano profondamente accanto a lei nel letto matrimoniale.

Sgusciò silenziosamente fuori dalla stanza e andò in cucina. Sul tavolo c'era il biberon della camomilla vuoto e nella cameretta del figlio trovò i pannolini sporchi infilati dentro il cestino dei rifiuti. Sulla spalliera del lettino c'erano pantaloni, giacca, camicia e cravatta di Mariano.

L'ex marito aveva rinunciato a trascorrere la notte con Pablo, il suo compagno, per occuparsi del figlio e lo aveva fatto nel migliore dei modi, per consentire a lei di riposare. E, a giudicare dal silenzio che regnava nella camera da letto, i due continuavano a dormire serenamente.

Allora sorrise riflettendo sulle sorprese che la vita le stava riservando.

Solo pochi mesi prima, la rivelazione improvvisa della sua omosessualità l'aveva indotta a chiudere in faccia a Mariano la porta di casa. Poi, giorno dopo giorno, sostenuta dalle sue amiche sulle quali aveva riversato il dolore per l'inganno che durava da anni, aveva elaborato la lunga infelicità di Mariano e accettato le sue visite al figlio. Lentamente avevano ripreso a dialogare da buoni amici e lui era tornato a farsi carico del bambino, come la sera precedente, quando lei era uscita per incontrare le amiche.

Aveva trascorso la notte in quello che era stato il loro letto coniugale e lei si sorprese a sorridere quasi commossa. Mariano era davvero un brav'uomo e il suo unico errore era stato quello di sposarlo, perché lui non poteva essere un marito né per lei né per nessun'altra donna.

Più tardi fecero colazione insieme, mentre Michele, sul seggiolone, si impiastricciava il viso con un passato di mela e la signora Antonella rigovernava la camera da letto.

«Grazie per non avermi cacciato dal nostro letto», disse Mariano a Maria Sole.

Lei gli sorrise e gli accarezzò la mano.

«Tu sei sempre stato il mio amico del cuore e lo sarai per tutta la vita», garantì. E soggiunse: «Pablo non sarà stato geloso?»

«Pablo sa che ho un figlio e che tu sei la mia amica più cara», replicò tranquillo.

«La prossima volta che verrai per occuparti del nostro cucciolo, porta un pigiama e una vestaglia», gli suggerì.

«Di solito, quando esci per la cena, non mi addormento come ho fatto la scorsa notte. Ma porterò il pigiama, perché non si sa mai.»

«Appunto. Probabilmente, tra un paio di settimane starò via per due giorni. Se non puoi sostituirmi, ho un'altra valvola di sicurezza: la mia amica Andreina.»

«È un invito a nozze per me stare due giorni con Michele. Mi è dispiaciuto per l'altra volta. Non mi racconti quello che ti sta succedendo?»

«Qualche tempo fa, parlando dei rapporti d'amore, tu mi dicesti che avevo diritto alla mia 'fetta di paradiso', quando avessi incontrato un uomo vero.»

«Confermo e sottoscrivo.»

«Bene, l'uomo vero lo avevo sotto gli occhi da sempre e non l'avevo mai considerato. Lo scorso Natale è accaduto il miracolo, perché l'ho guardato e ho capito che era l'uomo per me.»

«Lo conosco?»

«Da una vita.»

«Smettila di fare la donna misteriosa. Chi è?»

«Alberto», si decise a dire.

«Alberto?» domandò e, poiché lei gli rivolgeva uno sguardo ammiccante, invitandolo a proseguire, soggiunse titubante: «Parli di Alberto Canepa, il figlio di Angelina?»

«E di chi altri, se no?» replicò.

«Ah, be', insomma... ti sei scelta un gran fusto», constatò compiaciuto.

«E tu di uomini te ne intendi», sottolineò Maria Sole con tono scherzoso.

«Complimenti! Sei riuscita là dove io ho fallito», ammise l'ex marito.

«Forse è meglio se ti spieghi», lo incalzò lei, preoccupata.

«Quando non avevo fatto outing neppure con me stesso, avevo elaborato qualche fantasia su di lui, lanciandogli sguardi appassionati dei quali lui non si accorgeva. Del resto, io ero soltanto un adolescente, mentre lui era già un ragazzo da schianto: bello, serio, affidabile, costruttivo», spiegò Mariano con convinzione.

Maria Sole sbottò in una risata e commentò: «Mentre lui desiderava me e non me lo aveva mai detto. Del resto, io avevo occhi soltanto per te», sussurrò malinconicamente.

«Povero amore mio, quanto ti ho fatta soffrire!»

«Eravamo due deficienti, Mariano. Entrambi vittime di madri dominanti», lo consolò.

«Quello che è stato non si cancella, ma alla fine ci siamo dati un bello scrollone. Hai fatto l'amore con Alberto?»

«Solo di recente», rispose lei, arrossendo.

Mariano bevve un lungo sorso di caffè, abbassò la voce e, in un bisbiglio, le domandò: «Com'è stato?»

«Come morire e poi rinascere. La fine del mondo, proprio come avevi detto tu», ammise sorridente.

«Sono felice per te, amica mia», disse Mariano.

«Allora mi darai una mano con Michele la prossima settimana?»

«Non chiedo di meglio. Ora scappo, perché devo andare in ufficio.»

Diede un bacio al figlio, che si esibì in un sorriso gorgogliante e Maria Sole accompagnò Mariano alla porta.

«Allora, ci vedremo il prossimo fine settimana», promise lui.

E quando fu sulla soglia di casa, soggiunse: «Fammi un favore, non trascurare di lavarti spesso le mani e quando esci mettiti una mascherina».

«In farmacia non ce ne sono», si lamentò lei.

«Oggi stesso ti mando un fattorino con una buona scorta, perché sembra che la mascherina protegga dal contagio del virus.»

«Lo so dalla tivù.»

«Non voglio fare il catastrofista, ma dalle notizie che circolano ai piani alti della mia azienda non si preparano tempi felici. Riguardati e raccomanda la stessa cosa anche alla tua nuova domestica», concluse lui, prima di infilarsi nell'ascensore.

27

NELLA stanza guardaroba, Carlotta aprì l'armadio per scegliere un tailleur che si addicesse al suo umore.

Agli abiti interi, prediligeva i due pezzi: gonna o pantaloni da accostare a una giacca o a un twin-set.

L'occhio le cadde su una gonna tartan verde e blu a pieghe e la abbinò a un twin-set blu scuro di Colombo, ravvivandolo con un filo di perle intorno al collo. Era una di quelle mise classiche che le donne possono indossare dai sedici agli ottant'anni, che non conosce i cambiamenti delle mode, e la faceva sentire a suo agio per tutta la giornata.

Kiky, il domestico filippino che era al suo servizio da molti anni, aveva già preparato la tavola per la colazione nella sala da pranzo e, quando la vide comparire, si affrettò a portarle il bricco del caffè e del latte caldo.

A mezza bocca sussurrò un «Buongiorno, signora», e

osservando l'abbigliamento di quel giorno, le domandò: «Scarpe e cappotto blu con i revers verdi?»

«Grazie Kiky», annuì lei, prima di addentare due spicchi d'arancia.

L'uomo, che era sulla cinquantina, nutriva per la «signora» una specie di venerazione perché, dopo alcuni anni di lavoro in Italia, Carlotta era riuscita a metterlo in regola con il permesso di soggiorno e con un'assunzione a tempo indeterminato, riscattandolo dal limbo della clandestinità e del lavoro nero.

Kiky parlava pochissimo, non sorrideva quasi mai, era di una fedeltà assoluta e di professionalità rara e, soprattutto, aveva una cura maniacale per il guardaroba di Carlotta.

Con lui, si sentiva accudita e protetta.

Quella mattina, sul punto di uscire di casa, gli domandò: «C'è qualcosa che ti preoccupa?»

«I miei suoceri, che sono cinesi, sono morti per il Covid», disse.

La sua famiglia viveva a Wuhan, l'epicentro della grande epidemia.

«Mi dispiace, Kiky. Non sapevo neppure che fossero malati. Vuoi tornare per il funerale?»

«È tutto chiuso, signora. Wuhan è chiusa, la Cina è chiusa. Impossibile anche per mia moglie onorare i genitori.»

«Non sapevo che tua moglie fosse cinese. Pensavo che avessi sposato una filippina. Mi dispiace tanto, davvero, povero Kiky. Posso fare qualcosa per te?» gli domandò soccorrevole e soggiunse: «Vuoi prenderti qualche giorno di riposo?»

«Grazie, signora. Io riposo quando lavoro», replicò, aprendole la porta dell'ascensore.

Kiky non parlava mai di sé e quando lei gli poneva qualche domanda sulla famiglia, si limitava a rispondere: «Tutto bene, signora».

Carlotta si avviò a piedi verso via Montenapoleone e, quando arrivò in ufficio, Giulia, la sua segretaria, la raggiunse e le disse: «Nella sala d'attesa c'è la signora Luisa Belgrado per te».

«Che cosa vuole?»

«Ho tentato di chiederglielo, ma si è limitata a rispondere di farmi i fatti miei. Le ho anche detto che hai una serie di appuntamenti e ha replicato: 'Aspetterò che l'avvocato si liberi'. Che cosa facciamo?»

«Francamente, non ho alcuna voglia di parlarle. Che cosa mi suggerisci?» le domandò Carlotta.

«Se solo potessi permettermelo, chiamerei la sicurezza per scortarla all'uscita», replicò la segretaria.

Giulia sapeva benissimo chi fosse la cliente che chiedeva d'essere ricevuta da Carlotta e, non per servilismo, ma per spirito di solidarietà con il proprio capo, temeva che insorgessero complicazioni.

«Mia cara, abbiamo un'etica professionale che dobbiamo rispettare, oltre al tratto elegante che caratterizza il nostro studio legale, quindi...» disse Carlotta, interrotta dalla segretaria che proseguì: «Adesso vado da lei, le chiedo se gradisce un bicchiere d'acqua, tè, caffè e, profondendomi in mille scuse, la imploro di avere pazienza, perché l'avvocato Biffi è in riunione, ma le dedicherà tutto il tempo necessario non appena le sarà possibile».

Carlotta annuì sorridendo e concluse: «È probabile che si spazientisca e se ne vada prima, altrimenti quando la riceverò sarà affranta dalla stanchezza e mi darà meno fastidio».

«Volo in sala d'attesa», disse Giulia e sparì.

L'avvocatessa si accinse a preparare la comparsa per un cliente che si occupava di transazioni immobiliari. Era una causa complessa che ruotava intorno a un numero infinito di eredi del defunto che si facevano la guerra tra loro e ognuno esibiva diritti maggiori dell'altro.

Si perse più volte nei meandri delle parentele dei discendenti e collaterali.

In qualità di direttore generale, avrebbe potuto assegnare le cause più noiose a qualcuno dei colleghi, ma ci teneva a sottolineare che nulla era cambiato dalla morte del fondatore e quindi, a fronte dell'incremento annuale degli emolumenti, si sentiva in dovere di sobbarcarsi il lavoro di sempre, oltre a quello che le veniva dalla sua carica.

Era quasi mezzogiorno quando alzò l'interfono e chiese alla segretaria se la signora Belgrado se ne fosse andata.

«Magari! È sempre lì e aspetta. Che faccio?» le domandò Giulia.

«Nulla. Adesso vado da lei», rispose, chiudendo la comunicazione.

La donna era tranquillamente adagiata in poltrona e sembrava immersa nella lettura di una delle numerose riviste messe a disposizione dei clienti sul tavolo della saletta.

«Mi scuso per la lunga attesa», esordì, comparendole davanti.

«Mi scuso io per essere piombata qui senza un appuntamento e mi scuso anche per la mia malagrazia durante l'incontro casuale nello spogliatoio del parrucchiere», disse la ex moglie di Gianni, alzandosi e tendendole la mano.

Carlotta gliela strinse e domandò: «Vuole seguirmi nel mio studio?»

«Non voglio rubarle più tempo del necessario, avvocato Biffi. Si fa un gran parlare di quanto sia necessaria la solidarietà tra donne, e poi basta un niente perché riemerga il retaggio atavico che ci ha assuefatte alla conflittualità dell'una con l'altra. Ho passato la vita a mettere in campo la rivalsa contro le mie simili che mi facevano ombra. E soltanto ora, a cinquant'anni, mi rendo conto di quanto sono stata sciocca. Sono venuta per dirle questo. So benissimo che non saremo mai amiche, ma voglio che sappia che non sono una sua nemica», concluse d'un fiato.

Carlotta nascose lo stupore e la perplessità e, poiché conosceva la perfidia della Belgrado, si chiese dove stesse il veleno dietro la dolcezza delle sue parole. Imperturbabile, come sempre, replicò: «Nemmeno io lo sono e continuerò a non esserlo fino a quando manterrà un comportamento corretto nei confronti di Gianni».

«Mi sembra giusto. Ma il tempo è galantuomo e lei, avvocato Biffi, avrà modo di convincersi che sono sincera», disse la donna, con voce suadente, sul punto di congedarsi.

Quella sera, quando Gianni la raggiunse a casa, mentre consumavano la cena preparata da Kiky, Carlotta gli raccontò della visita di Luisa Belgrado.

«Mi aveva detto che voleva incontrarti per parlarti», replicò lui.

«Non mi avevi avvertita», osservò lei.

«Non l'avevo presa sul serio. Nemmeno ora riesco a capire la ragione di questa improvvisa remissività. La conosco bene e so che non fa niente senza una ragione.»

«Dici che non devo fidarmi?» gli domandò Carlotta.

«Lei ti ha detto una sola cosa vera: il tempo è galantuomo. Vedremo se tanto buonismo improvviso è veramente dettato da un proposito sincero», replicò Gianni, con aria dubbiosa. Poi concluse: «Non abbiamo nulla da nascondere, ma non prendiamola in parola, perché l'esperienza mi ha insegnato che Luisa è tutt'altro che la donna mite che ti ha parlato oggi».

28

QUEL venerdì sera, Gloria rigovernò la cucina dopo aver consumato una solitaria cena frugale.

Sergio le aveva telefonato da un autogrill di Brescia, per dirle che sarebbe arrivato a casa nel giro di un'ora, se non si fosse imbattuto in code di auto al casello di Milano.

«Se sei affamato, ti tengo in caldo un pasticcio di lasagne», gli aveva proposto lei.

«Ho appena divorato due schifosissimi panini imbottiti, qui al bar. Ci facciamo insieme una bella tazza di caffellatte», aveva proposto lui.

Gloria mise in tavola le tazze e una guantiera su cui trionfava una profumatissima charlotte di mele, acquistata da *Pattini*, prima di rincasare.

Poi si spostò nel soggiorno e accese il camino e le lampade da tavolo, per creare un'atmosfera di intimità. Quindi salì al piano superiore a prepararsi per la notte. Indossò un pigiama di flanella morbida e una calda vestaglia lunga.

Tornò nel soggiorno, si sistemò in poltrona, davanti al camino dove ardevano due grossi ciocchi di legno di faggio e osservò incantata le lingue di fuoco che danzavano alzandosi verso la cappa.

Infine compose il numero di Bruno sul cellulare e lui rispose subito.

«Sono di turno in chirurgia fino a domattina alle sette. Poi vado a casa a dormire un po'. Per fortuna domani è sabato e, se non hai altri impegni, potremmo vederci nel pomeriggio», le disse il chirurgo.

«Mi dispiace, *mon amour*, ma non sarò libera fino a lunedì, perché sta rientrando Sergio dal suo lungo viaggio e voglio stargli accanto per tutto il fine settimana», spiegò lei.

«È il minimo che tu possa fare. Quindi mi metto in stand by fino a lunedì», la assecondò Bruno. Tacque un istante e poi proseguì: «Però mi dispiace».

«Non farmi sentire in colpa, ti prego», cinguettò lei, sebbene non si sentisse affatto colpevole.

«Non lo farò, ma ti garantisco che mi mancherai», replicò e proseguì: «Tesoro mio, mi stanno chiamando e devo lasciarti. Non smettere di pensarmi».

Gloria sorrise e si affrettò a cancellare dal cellulare tutte le sue chiamate e i loro messaggi, dicendosi: Non si sa mai.

In quel momento, Sergio la richiamò.

«Sto parcheggiando davanti a casa. Mi apri il cancello, per favore?»

Gloria si infilò la giacca di piumino sopra la vestaglia e aprì la porta d'ingresso della villetta. Fece scattare l'apertura automatica del cancello e scese alcuni gradini per andargli incontro.

Sergio stava scaricando dal baule una serie di scatoloni che posò a terra accanto all'auto.

«Bentornato, uomo della mia vita», gli disse.

«La tua accoglienza mi scalda il cuore», le sussurrò stringendola a sé.

Lei notò il suo viso segnato dalla stanchezza ed ebbe un moto di tenerezza per lui, mentre citava Calvino: «Se una notte d'inverno un viaggiatore...»

Si rese conto che non a caso le era venuta in mente quella frase, perché il Lettore del romanzo è costretto a interrompere la lettura di una storia che gli piace, per affrontarne un'altra. Lei, quella sera, aveva momentaneamente interrotto il rapporto con Bruno, per affrontare quello con Sergio, il quale domandò: «Ho interrotto qualcosa?» sempre riferendosi a Calvino.

«La mia solitudine, amore mio», rispose lei, stampandogli un bacio sulla guancia.

«Grazie, mia amatissima Gloria», sussurrò, entrando in casa abbracciato a lei.

«Che cosa sono tutte le scatole che hai scaricato?» gli domandò.

«Doni per te... per noi, per tutti», rispose e soggiunse: «Li apriremo domani».

«Sei davvero stremato, povero caro», constatò lei.

«Ho fatto tutta una tirata da Innsbruck a qui, con due sole soste, perché avevo voglia di casa», spiegò.

«Vado a scaldare il latte. Mettiti sul divano, intanto.»

«Se mi siedo, mi addormento. Salgo a fare una doccia. Ci vediamo tra dieci minuti.»

Lei andò in cucina a scaldare il latte, preparò un bricco di caffè, portò il tutto sul tavolo della sala da pranzo e poi salì a chiedere se gli servisse qualcosa.

Lo trovò sul letto, avvolto dall'accappatoio che aveva indossato per asciugarsi. Dormiva profondamente.

Sussurrò: «Povero caro». E gli diede una carezza.

Allora spense tutte le luci, attivò l'allarme notturno, si sdraiò accanto a lui e si addormentò anche lei.

La svegliò il suono argenteo di una campanella, che proveniva dal piano di sotto.

Aprì gli occhi e guardò l'orologio. Erano le sette del mattino di sabato. Sergio si era già alzato.

Lei si rinfrescò, spazzolò i capelli e scese al piano terreno.

Lui la aspettava ai piedi della scala, facendo tintinnare la campanellina d'argento che, un tempo, serviva alla padrona di casa quando aveva ospiti a pranzo e a cena, per sollecitare l'arrivo del cameriere. Ora era soltanto un gingillo tra i tanti che stavano allineati su una mensola e che la domestica a ore malediceva ogni volta che doveva lucidare.

Gloria volò tra le sue braccia e lui annunciò: «La colazione per Madame è servita».

Andarono in sala da pranzo dove Sergio aveva apparecchiato la tavola.

«Allora, com'è andato il tuo giro annuale?» gli domandò, iniziando a spalmare burro e miele su una fetta biscottata.

«Sono andati molto bene gli ordini dei pirotecnici come le stelle, le rose, le fontane, le girandole, gli arabeschi... Chissà mai perché, a mio padre, che era dirigente Siemens, un giorno è venuto in mente di impiantare una fabbrica di questo genere», disse.

«Forse perché era uno spirito libero e non voleva avere padroni», commentò Gloria.

«E mi ha passato la responsabilità di portare avanti la sua creatura. Questo tour annuale, con il passare del tempo, diventa sempre più faticoso e quando torno a casa, invece di far l'amore con la mia donna e dirle quanto la amo, mi addormento stremato e, al risveglio, mi vergogno della mia pochezza», confessò lui.

«Sergio, per favore, credi che non ti capisca?»

«Avevo tante cose da raccontarti, i doni da mostrarti, la voglia di ascoltarti... e mi sono addormentato. Perdonami.»

«Abbiamo tutto un fine settimana per noi», lo confortò Gloria.

«Mi sei mancata», sussurrò lui.

«È questo il bello di stare lontani, qualche volta», replicò lei.

«Sei un tesoro», disse Sergio, baciandole la mano.

Lei andò in cucina per preparare il caffè e, sul tavolo, trovò tutto quello che Sergio aveva portato dal viaggio. C'erano *pâté de foie gras* e vini francesi, cioccolato belga, ceramiche olandesi, biscotti e affettati di carni affumicate dalla Germania, strudel e pani di burro austriaci e una quantità di altre cose ancora da ispezionare.

«Sei matto!» gli disse, tornando in sala da pranzo con il bricco del caffè bollente.

«Un po' di cose sono per noi e altre le doniamo ai nostri amici, le ceramiche me le hanno regalate. Dalla Svizzera ti ho portato questo», disse lui, porgendole un astuccio rettangolare.

Lei lo aprì. Conteneva un Omega da polso in oro massiccio che faceva da bracciale.

Gloria sussultò per la sorpresa e si sentì felice, come quando era bambina e riceveva da suo padre un dono inaspettato.

29

Il lunedì mattina, mentre si avviava a piedi verso la sua agenzia, Gloria ricevette un messaggio di Bruno che domandava: «Pausa pranzo?»

«Dove?» chiese a sua volta.

«Casa mia. Poi ti spiego», rispose lui.

Lei gli inviò l'emoticon di un pollice alzato.

Quando varcò la soglia dei suoi uffici, la ragazza del centralino la avvertì che Gianna, la sua segretaria, non era venuta al lavoro e non sapeva quando sarebbe tornata.

«Ha lasciato detto di chiamarla, quando puoi», soggiunse.

Gianna abitava a Codogno e, ogni giorno, veniva al lavoro con il pullman. Capitava che arrivasse in ritardo, perché i mezzi di trasporto lasciavano a desiderare. Ma in tre anni di lavoro, non era mai accaduto che si assentasse senza fornire una spiegazione.

Gloria la chiamò.

«Mio padre è stato ricoverato in ospedale venerdì notte. Sta molto male, non respira e lo hanno messo in terapia intensiva. Dicono che è stato colpito dal virus cinese e non dobbiamo uscire di casa, perché potremmo esserci infettati anche noi e diffondere il virus. Noi, però, stiamo bene», le spiegò. Subito dopo, suggerì: «Io posso lavorare da casa. Tanto ricevo tutte le mail e ti giro quelle per te».

«Gianna, non sono tranquilla né per te né per la tua famiglia. Si legge e si ascolta di tutto su questo virus. Un giorno dicono una cosa, il giorno seguente la smentiscono, ma le notizie che arrivano dalla tua zona non sono belle. Posso fare qualcosa per voi?»

Gianna prese a singhiozzare e balbettò: «Da quando papà è stato portato in ospedale, non siamo più riusciti a vederlo, né a parlare con lui. Ogni mattina ci chiama un medico e sia ieri sia stamattina non hanno dato buone notizie. Gloria, tu non puoi fare niente, come non possiamo fare niente noi. Dobbiamo solo aspettare e sperare per il meglio».

«La nostra agenzia, lo sai, è come una famiglia. I problemi di uno sono i problemi di tutti. Quindi chiedi...» disse Gloria.

«Grazie. Intanto ti ho spedito il certificato medico che prevede due settimane di isolamento. Si chiama quarantena. Ti farò sapere.»

Gloria andò nell'ufficio di Vieri per informarlo dell'accaduto.

«Lo so già e la cosa è molto seria. Non mi riferisco all'assenza di Gianna, ma al contagio di suo padre. Parlano di epidemia, come per l'influenza. A me sembra qualcosa di più, perché le immagini che arrivano dalla Cina fanno paura», commentò il socio.

«In tutto questo, noi come ci dobbiamo comportare?» domandò Gloria.

«Dotare di mascherine tutto lo studio, collocare ovunque disinfettanti per le mani e sperare di non infettarci», concluse Vieri con l'abituale pragmatismo. E proseguì: «Anche quella messe di golosità che hai portato in ufficio, non mi sembra una buona idea».

«Scherzi? Sono prodotti di prima qualità», reagì Gloria.

«La qualità non c'entra. Ho requisito tutto io, prima che qualcuno tocchi quel cibo senza essersi lavato le mani... Il virus si prende per contatto», spiegò.

«Come facciamo per le mascherine?» domandò Gloria.

«Le ho già ordinate su Amazon. Domani le consegnano.»

«Spero che questa brutta storia finisca qui», disse Gloria.

«Questa brutta storia è appena iniziata e andrà sempre peggio», le disse Bruno, quando lei lo raggiunse a casa sua.

Non era solo. Nel soggiorno c'era una giovane donna

dall'aria angelica, il viso protetto da una mascherina, che si affrettò a dire: «Benvenuta, signora. È pronta?»

Su un tavolino, Gloria notò una valigetta aperta che conteneva siringhe, provette, alcol.

«È un'infermiera del laboratorio di analisi. Ti farà un tampone naso-faringeo e un prelievo di sangue per l'esame sierologico. Così sapremo se sei positiva al Covid-19. Per assurdo spererei che tu fossi negativa al tampone e positiva al sierologico, perché se quest'ultimo risultasse positivo, significherebbe che sei venuta a contatto con il virus e i tuoi anticorpi hanno reagito benissimo», le spiegò Bruno.

«Non ho capito niente, ma ubbidisco», annuì Gloria. Gli fu grata per queste attenzioni.

Quando furono soli, si trasferirono nella sala da pranzo. Sul tavolo, apparecchiato per due, la domestica di Bruno servì una zuppa di pesce caldissima che aveva un profumo invitante.

«Mi stai accudendo quasi come un padre», osservò Gloria.

«Ti sto solo coccolando un po', sono un uomo coccoloso.»

«Di più, mi fai sentire al sicuro.»

«Sono un medico e il benessere delle persone che avvicino fa stare bene anche me. Era così anche mio padre. Ora, da medico, ti dico che dobbiamo prepararci ad affrontare un virus assolutamente nuovo e molto aggressivo di cui la scienza conosce pochissimo. Non solamente i cinesi, ma tutto il mondo della ricerca è impegnato nello studio di questo virus», le spiegò.

Avevano finito di pranzare e Gloria era sul punto di tornare in ufficio.

«Devo andare in ospedale. Ti do uno strappo fino in ufficio e, nel pomeriggio, avrai il risultato del sierologico. Per il tampone, dovrai aspettare domani sera», le disse.

Mentre erano in auto, Bruno continuò: «Lo sai che mi manchi tantissimo, rondinella?»

«Lo sai che ho un compagno?» replicò lei.

«Mi vergogno a dirlo, ma sono geloso.»

«Dovrai convivere con la tua gelosia, perché io non posso lasciare il mio Sergio», replicò lei.

«Nel frattempo, cerca di trovare tutto un giorno e una notte per noi due solamente», le chiese, mentre Gloria era davanti al palazzo che ospitava la sua agenzia.

«Farò in modo che accada», promise lei.

Trascorse un pomeriggio di lavoro abbastanza deprimente con Vieri, perché arrivavano mail e telefonate di clienti che iniziavano a mettere in dubbio la possibilità di realizzare gli eventi programmati per la primavera.

«Perché non proponiamo di sfilare comunque a porte chiuse, per un numero selezionato di pochi eletti?» disse Gloria.

«E se chiudessero i voli dall'estero? I francesi ci stanno già guardando male, come se fossimo degli appestati. Alcuni miei amici ieri erano a Cannes. Passeggiavano sulla Croisette e si sono fermati al tavolino di un bistrot.

Li hanno cacciati, trattandoli come degli appestati», raccontò.

«Solo perché nel Lodigiano abbiamo avuto un paio di morti?» si stupì Gloria.

«Hai presente la caccia all'untore di manzoniana memoria? Il povero Renzo Tramaglino ha rischiato il linciaggio», commentò Vieri.

«Ma noi non abbiamo la peste», si ribellò Gloria.

«Ma la peste è alle porte, e poiché i virus non conoscono confini, questo Covid invaderà il mondo», ragionò il suo socio.

«Basta, Vieri! Adesso non ci voglio pensare», protestò lei, mentre si domandava come avrebbe potuto organizzarsi per trascorrere un giorno e una notte con Bruno.

Ebbe una folgorazione quando Bruno la chiamò per rassicurarla sull'esito del primo esame.

30

ANDREINA era in ufficio quando Rosaria, la sua assistente, si affacciò sulla soglia e le disse: «Sono sconvolta. Gli Usa hanno sospeso i voli per l'Europa».

Lei non fece commenti e aspettò il seguito, mentre pensava a Bill che si sarebbe dovuto imbarcare proprio quel giorno.

Infine domandò: «Da chi l'hai saputo?»

«È una voce che circolava in mensa, oggi a mezzogiorno. Dicono che sia a causa del Covid.»

«A questo proposito, ne abbiamo discusso stamani. Dobbiamo organizzare turni per la mensa, in modo da rispettare il distanziamento. Stavo giusto analizzando la piantina della sala e la nuova disposizione dei tavoli. Dovrò confrontarmi anche con l'ufficio tecnico e dobbiamo pianificare l'assegnazione dei posti nei vari turni.»

«Come se non avessimo già abbastanza lavoro», brontolò Rosaria.

Andreina ignorò il commento e andò avanti a fare il suo lavoro. Prima di uscire, consegnò gli schemi elaborati alla segretaria, raccomandandole di comunicare gli orari ai vari reparti.

«Lo farai domattina e, come sempre, se insorgono complicazioni...»

«Te le segnalo e intervieni tu», concluse Rosaria che, subito dopo le disse: «La Canegalli, quella che sostituirà la Bianchi in profumeria, è un elemento valido. È brava anche la Corti, quella che sostituirà la Garofalo alle calzature. Quindi, direi che siamo tranquille. E tu, quando ti decidi a entrare in maternità?»

«Vuoi liberarti di me?» domandò Andreina sorridendo.

«Non sia mai, ma non vorrei che partorissi in ufficio.»

«Mancano ancora due mesi e mezzo. Ma se fosse, qui c'è un esercito di donne a darmi sostegno», scherzò Andreina, che stava ancora elaborando la notizia della sospensione dei voli dagli Stati Uniti.

Aveva colto l'informazione con un senso di sollievo, dicendosi che, se questa chiusura fosse durata fino a metà maggio, avrebbe potuto evitare di nascondersi per non palesare a Bill la sua gravidanza.

Mentre si preparava a lasciare l'ufficio, sentì il *clock* di una mail in arrivo sul tablet. Pensò di ignorarla, invece prevalse il senso del dovere e aprì la posta.

Era un messaggio di Bill Foster che le scriveva:

Cara Andreina, non potrò lasciare gli Usa, come avevo programmato, ma sento il bisogno di dirti che nella mia vita c'è stato un mutamento molto importante. Avrei voluto parlartene quando ci saremmo rivisti. Poiché non sarà possibile, ti chiedo se posso raccontartelo via mail.

Lei chiuse il tablet, lo infilò nella borsa e lasciò la Tulip per tornare a casa.

Doveva decidere se rispondere o ignorare il messaggio, e preferì prendere tempo per riflettere, sebbene fosse curiosa di sapere a che cosa si riferisse il «mutamento molto importante». Riguardava la vita professionale o la sfera affettiva?

Quando entrò in casa, la accolse il profumo antico di un pasticcio di verdure cucinato da Adele.

«Bentornata, figlia bella. Come stai?» le domandò la donna quando Andreina si presentò nella cucina dove aleggiavano gli aromi degli agrumi, della cannella e dei chiodi di garofano.

Sul tavolo apparecchiato per la cena, vide un'invitante insalata di agrumi, mentre sul fuoco sobbollivano le pere tagliate a grossi spicchi e affogate nel vino rosso con garofano e cannella.

«Io sto bene», rispose, dandole un bacio sulla guancia. «E tu come stai?»

Era confortante tornare a casa e trovare una presenza affettuosa.

«Io sto benissimo. Non credevo di riuscire ad ambientarmi così presto e devo dirti che il mio paese non mi manca. Questa città mi piace. Ormai conosco i negozianti e le beghine che frequentano la parrocchia, chiacchiero con don Saverio e ho imparato ad accettare la donna delle pulizie che apprezza il caffè che le preparo quando arriva. Ricordi la tua povera mamma? Penso a quanto le malelingue di Porto Cesareo avevano sparlato di lei quando ti ha lasciata per venire a Milano, senza sapere che Viviana era una ragazza tenace e generosa che è riuscita a darti una vita molto diversa dalla sua.»

«È acqua passata, Adele. Viviana li sovrastava di una spanna e loro non potevano capirla», disse Andreina.

«Adesso sparlano di me. Stamattina mi ha telefonato mia cugina Vincenza. Dicono che anch'io sono venuta a Milano a fare la bella vita. Dovevo arrivare alla mia età per sentirmi dare della poco di buono», si lamentò Adele.

«E ti dispiace?»

«Non è bello essere calunniati. Ma, ormai, la mia vita è qui con te, figlia mia, fino a quando ti sarò utile.»

«Tu sei la mia seconda mamma e mi sarai sempre utile. Anche se, un giorno, non potrai più lavorare, io non rinuncerò mai ad averti accanto.»

«Mangia le arance, bella di mamma», la invitò Adele, porgendole il piatto e soggiunse: «Queste fanno bene a te e anche al tuo bambino».

«Hai mai sentito la mancanza di un marito?» le domandò Andreina.

«Certo che mi è mancato un uomo. Ma mi guardavo intorno e vedevo la vita delle altre ragazze povere come me. Si sposavano, figliavano, faticavano dall'alba a tarda sera, mentre i mariti andavano all'osteria a ubriacarsi e pretendevano di usarle anche quando quelle poverette non ne avevano voglia. E se loro non ci stavano, erano botte e insulti, e nessuno si schierava dalla loro parte. Al Nord c'erano le femministe e al Sud c'era il Medioevo, almeno nei paesi. Io ho deciso che era meglio stare da sola, piuttosto che essere male accompagnata», affermò con orgoglio.

«Adele! Stai facendo come la volpe e l'uva. La volpe, non potendo arrivare a mangiare l'uva, perché era in cima alla pergola, disse che era acerba», rilevò la giovane.

L'anziana sorrise e, mentre prelevava dal forno la teglia della verdura, ammise: «Ammiro le donne felicemente sposate. Io non ho avuto questa fortuna. Nessuno mi ha chiesto in moglie a causa della mia gamba malandata per la polio contratta quand'ero bambina. Lo sai anche tu che mi chiamavano 'la storpia'».

«Ma il buon Dio ti ha regalato altre qualità: sei generosa, buona, forte come una roccia e sei più brava della mia mamma a cucinare.»

Mangiarono in religioso silenzio. Adele, di tanto in tanto, scrutava di sottecchi la giovane amica. Alla fine sbottò: «È da quando sei rincasata che non mi racconti che cosa ti turba».

«Sei una strega!» protestò Andreina.

«Dimmi che cosa ti pesa sul cuore», la sollecitò con dolcezza.

La giovane le riferì il messaggio ricevuto dal suo americano.

«Mi chiedo se devo rispondere o ignorarlo», concluse.

«Che cosa ti dice il cuore?» domandò Adele.

«Il cuore mi dice che vorrei tanto averlo qui con me, mi dice che non avrebbe scritto quelle parole se, in qualche modo, non mi riguardassero. Il mio cuore ha voglia di sapere», ammise.

«Allora rispondigli. Lui ti ama, figlia bella», replicò la donna.

«Grazie, Adele, per il consiglio. Lo farò più tardi», decise.

Quando si coricò e la casa riposava nel silenzio della notte, scrisse: «Mio caro Bill, hai solleticato la mia curiosità. Questi mutamenti importanti potrebbero riguardarmi?»

Premette il tasto dell'invio e poi levò lo sguardo verso il cassettone dove c'era il ritratto della sua mamma nella cornice d'argento.

«Tu che dici, mamma?» le chiese. «Ti ho supplicata di aiutarmi a dimenticarlo, ma tu non l'hai mai fatto. Ti sembra giusto che il mio bambino non debba conoscere suo padre? Tu sai quanto io ho sofferto per la mancanza di una figura paterna, quand'ero bambina. Non vorresti che tuo nipote avesse un padre? Quando la mia creatura tira calci a raffica, mi sembra quasi che protesti perché non ha ancora sentito la voce del suo papà e conosce solamente il tocco della mia mano, quando lo accarezzo. Ti sembra giusto?»

Ebbe l'impressione che Viviana le sorridesse, pur senza offrirle una risposta.

Invece le rispose Bill che scrisse: «Questo dipenderà da te. Assecondando la tua richiesta, avevo smesso di scriverti. Però sarei felice di riprendere il dialogo al punto in cui tu lo avevi interrotto».

E Andreina replicò: «Allora raccontami tutto tra sabato e domenica quando sarò a casa tranquilla».

31

CARLOTTA e Patrizia sedevano a un tavolo del *Moro*, un eccellente ristorante di pesce nel centro di Monza.

Era una sera di mercoledì e, tra gli ospiti del locale, la presenza di Carlotta, che indossava un tailleur giallo e blu, non passò inosservata, non solamente per l'audace accostamento dei colori ma anche perché la bellissima signora bionda, avvocato di successo, dava lustro alla cittadina di cui era originaria.

La sorella minore, Patrizia, era altrettanto graziosa, ma meno appariscente, anche perché la vedevano spesso al banco del negozio di ferramenta, di proprietà del marito, uno dei commercianti più noti della città.

Non era mai successo che le due sorelle Biffi onorassero il ristorante della loro presenza. E poiché il pettegolezzo era l'argomento preferito nella cerchia ristretta della Monza-bene, i presenti avevano sospeso le conversazioni abituali, che ruotavano intorno allo sport e alla politica, per fare una serie di congetture su quella novità.

Tendevano le orecchie, ma non riuscivano a cogliere nemmeno una parola della conversazione tra le sorelle che parlavano sottovoce.

In realtà, quell'incontro a due nel ristorante di Monza era nato da una richiesta di Carlotta che aveva invitato la sorella per ragionare di Ermellina, la loro enigmatica mamma.

Il giovedì precedente, durante la cena con le amiche, dopo che Maria Sole aveva rivelato l'incapacità di stabilire un rapporto normale con la madre, l'avvocatessa si era detta che era arrivato il momento di dipanare la matassa intricata dei fili che la univano alla sua mamma.

Per farlo, aveva prima bisogno di confrontarsi con la sorella, che non riusciva mai a incontrare da sola, perché c'era sempre di mezzo la famiglia. Così l'aveva invitata al ristorante.

«Ti sei mai chiesta da che cosa nasce l'ostilità di nostra madre nei miei confronti?» le domandò Carlotta, affrontando subito l'argomento.

«È per questo che siamo venute qui?» domandò Patrizia.

Lei annuì. «Sul piano dei sentimenti, la mamma è una sfinge. Da sempre è chiusa in un guscio impenetrabile. So che mi vuole bene, come gliene voglio io, ma non fa che respingermi fin da quando ero bambina», si lamentò.

«Non pensare che sia più tenera con me. È fatta così. O la prendi com'è, o la lasci perdere. E se la lasci perdere, sembra quasi che sia contenta. Che cosa vuoi che ti dica?»

«Se domani venisse a mancare, io mi porterei dentro il senso di colpa per non essere riuscita ad avere un suo abbraccio, un gesto di tenerezza, un sorriso. Quando papà la lasciò e si fece una famiglia con un'altra donna, io mi schierai dalla parte di mamma per darle la mia solidarietà, ma lei non manifestò di apprezzare il mio atteggiamento. Quando vado a trovarla, sembra quasi che le faccia un dispetto. Perché?»

«Tu e mamma siete più simili di quanto immagini. Caparbie e scontrose, quando siete insieme fate scintille. Tu non gliene fai passare una e lei fa la stessa cosa con te», affermò Patrizia e aggiunse: «Tu ce l'hai con mamma da quando ha lasciato che papà se ne andasse da casa ordinandoci di aiutarlo a fare la valigia, e da quel giorno ci ha vietato di pronunciare il suo nome. Come se non fosse mai esistito».

«Hai mai visto nostra madre versare una lacrima? L'hai mai vista affaccendarsi per prepararci qualcosa di buono? L'hai mai sentita pronunciare una parola gentile per nostro padre o per noi? Io l'ho sempre e solo vista tagliare e cucire abiti», disse Carlotta e proseguì: «Lei ha rinchiuso i sentimenti dentro una gabbia e ha buttato via la chiave. Ora io voglio trovare la chiave per aprire questa fottutissima gabbia».

«Sei un'illusa. Mangia il tuo carpaccio di tonno prima che si secchi», la spronò la sorella che, infine, si decise a dire: «È gelosa di te, dei tuoi successi professionali, della tua bellezza prorompente, dell'eleganza dei tuoi abiti che lei, pur essendo una brava sarta, non riuscirebbe mai a creare. Tu sei una donna appagata e lei non lo è. Ogni volta che ti guarda, vede la donna che lei non è riuscita a essere».

«Quale madre può essere invidiosa dei successi dei figli?»

«La nostra. Io le do meno fastidio perché, tutto sommato, sono solamente una provinciale benestante. Ma tu sei diventata una star. E non dimenticare che noi siamo nate perché è stato papà a volerci. Lei ha soffocato il naturale istinto materno, perché l'avrebbe costretta a mettere in campo sentimenti che le creano disagio. A modo suo ci vuole bene, ma non ce lo dirà mai. Rassegnati, invece di continuare a tormentarti. Ricordati quello che aveva fatto nonna Erminia, sua madre, che era sparita dalla sera alla mattina e poi si era scoperto che era finita all'ospizio dei poveri, dov'è morta, rifiutandosi di vedere i parenti. I geni dei genitori, nel bene e nel male, si trasmettono ai figli e lei non è responsabile di essere quella che è», ragionò Patrizia.

La cena si era conclusa.

«Sono le dieci passate. Mi riporti a casa?» le domandò la sorella.

Dopo che l'ebbe lasciata davanti a casa sua, Carlotta andò da sua madre.

Credeva di trovarla seduta alla macchina da cucire, invece Ermellina era in poltrona, davanti al televisore spento.

A Carlotta sembrò che stesse dormendo, invece le disse: «Ti sembra l'ora di fare una visita?»

Lei sedette sul bracciolo della poltrona e spiegò: «Stasera ho cenato con Patrizia e non ho resistito al desiderio di salire a darti la buonanotte».

Le diede una carezza sui capelli fini e le domandò: «Ce la facciamo una buona tisana?»

«Falla per te se vuoi. Io sto bene così», replicò burbera.

Carlotta si liberò del cappotto e andò in cucina a preparare due tisane al finocchio e camomilla.

Portò le tazze in soggiorno, ne offrì una a Ermellina e accese un paio di lampade, mentre le diceva: «È da un po' che ho voglia di demolire la barriera che ci separa».

La donna prese a sorseggiare la bevanda calda, chiusa nel silenzio.

Carlotta non si perdette d'animo e le sussurrò: «Ho un innamorato, mamma. Volevo che lo sapessi».

«Adesso lo so», rispose.

«Non vuoi che ti parli di lui?»

«E perché? Non è il primo e non sarà l'ultimo.»

«Ti sbagli. È il primo uomo che amo davvero e che ricambia i miei sentimenti. Per la prima volta, mi rammarico dei miei quarantacinque anni, perché vorrei tanto dargli un figlio.»

Poiché la madre taceva, proseguì: «Avverto il bisogno di sentire una vita che germoglia nel mio grembo e di avere tra le braccia un bimbo sul quale riversare tutto l'amore di cui sono capace. Allo stesso modo, mi piacerebbe abbracciare te e dirti tutto il bene che ti voglio e che ti ho sempre voluto. Tu non sai tutto quello che ho fatto per avere un tuo sorriso, una carezza. Sono diventata un eccellente avvocato, spinta non tanto dall'ambizione, quanto dal desiderio di ottenere la tua approvazione. Ti sembra poco?»

Ermellina tacque, bevve un sorso di tisana e sulla guancia le scivolò una lacrima.

Poi disse: «Io sono vecchia e stanca, Carlotta. Non mi rimane molto tempo da vivere e, quando me ne andrò, di me non rimarrà neppure il ricordo, perché non sono riuscita a combinare niente. Non sono stata una buona moglie, non una buona madre e neppure una buona sarta. Non te l'ho detto, ma ormai da alcune settimane ho smesso di lavorare. Passo i giorni su questa poltrona, davanti al televisore spento e penso che avrei voluto essere diversa. Non ce l'ho fatta. Ho perso l'amore di mio marito e la confidenza con le mie figlie, tesa com'ero a realizzare un successo che suscitasse il vostro consenso. Ho sempre avuto bisogno di consensi, e non li ho mai avuti. Una vita sprecata. Però, questa sera, mi hai aperto il cuore. Grazie».

Carlotta la abbracciò commossa e la madre disse: «Adesso torna dal tuo innamorato e non sbagliare con lui come ho fatto io con il tuo papà».

32

Era marzo e, in città, si respirava una brutta atmosfera. Era ormai evidente che il contagio del virus cinese rendeva la vita difficile. Le mascherine e i disinfettanti per le mani e per la casa incominciavano a diventare prodotti preziosi, che non si trovavano né nelle farmacie né in altri negozi. Chi riusciva ad avere una bottiglia di alcol, la divideva con gli amici.

«La mia dottoressa di famiglia si è inventata mascherine fai-da-te usando la carta forno e si lamenta perché il servizio sanitario della Regione lascia sguarniti i medici di base. Mi ha detto che due suoi colleghi hanno contratto il virus dai pazienti e sono morti», raccontò la signora Pia Mantovani.

Le amiche del giovedì erano a tavola nella saletta Ottocento per la consueta cena settimanale e ascoltavano pazientemente le sue lamentele.

«Come vedete, anch'io mi sono arrangiata a farmele

in casa per la famiglia e per il personale. Ho paura di dover lasciare in cassa integrazione due camerieri, perché, all'improvviso, anche la clientela si è ridotta. Voi, che siete signore istruite, sapete come andrà a finire questa storia? Qualcuno dice che è come una specie di influenza destinata a passare con l'arrivo della bella stagione. Altri dicono che è pericolosa e se non troveranno un vaccino moriremo tutti quanti.»

«Ne sappiamo quanto lei, signora Pia», disse Andreina. E soggiunse: «Io so che devo stare molto attenta, non solo per me, ma anche per la mia creatura».

«E poiché, per ora, non possiamo farci niente, che ne direbbe di offrirci qualcosa di buono?» intervenne Carlotta.

«Vi andrebbero dei cappelletti in brodo fatti come Dio comanda?» propose subito la padrona di casa.

«Quanto tempo dovrò aspettare, avvocatessa, per sancire il mio divorzio da Mariano?» domandò Maria Sole, a bruciapelo, mentre iniziavano a mangiare.

Carlotta si era occupata della sua richiesta di divorzio da Mariano nel momento più tragico, quando Maria Sole aveva scoperto l'omosessualità del coniuge. In seguito, era scesa a più miti consigli, aveva fatto eliminare ogni clausola vessatoria e si erano accordati per una generica incompatibilità di carattere.

«Alberto ti ha chiesto di sposarlo?» si incuriosì Andreina.

«Appunto, da dove ti viene questa fretta? Non dirmi

che muori dalla voglia di avere un altro marito», disse Carlotta.

«Maria Sole è il genere di donna cui piace avere un marito», osservò Gloria.

«Se anche fosse, avreste qualcosa da obiettare?» le sfidò la diretta interessata.

«Alberto ti ha fatto la proposta?» s'incuriosì Andreina.

«No. Ma sento che lo farà non appena avrò recuperato lo status di donna libera.»

«Dopo aver trascorso insieme un unico weekend? A me sembra un po' poco», ragionò Carlotta.

«Dio mio, come siete pettegole! Tanto per cominciare, conosco Alberto da quando ero bambina. Ora ho scoperto con lui un mondo affettivo di cui non sospettavo l'esistenza e, francamente, mi piace tantissimo. Vi infastidisce che mi piaccia avere un marito? Forse sì, visto che voi tre non lo avete», si ribellò la cucciola del gruppo.

«Per favore, risparmiaci il comizio! Ne hai già tenuto uno la settimana scorsa, sui rapporti con le nostre madri. Comunque, hai in me un'alleata. Se, un giorno, Gianni mi chiedesse di sposarlo, credo che accetterei. Essere donne evolute non significa cancellare l'istituto del matrimonio», osservò Carlotta.

«Se Bill fosse stato libero, io l'avrei sposato», intervenne Andreina, tacendo il messaggio criptico dell'americano.

«La paura di una pandemia ci sta dando alla testa?» domandò subito dopo.

«Forse, dal momento che io mi divido tra due uomini

e non mi sento in colpa», ammise Gloria. Poi confessò: «Il mio socio è a Verona per un evento letterario di due giorni e ho detto a Sergio che devo andare con lui perché c'è bisogno del mio supporto. In realtà, sabato raggiungerò Bruno Arconati a casa sua e staremo insieme fino a domenica».

Le altre la guardarono in silenzio. Lei avvertì una vaga riprovazione e si ribellò: «Non riuscirete a privarmi di due piaceri, quello dell'amore e quello della trasgressione».

Maria Sole fece spallucce e sussurrò: «Contenta tu...»

«Mi state rovinando la cena», dichiarò Gloria, allontanando il piatto con lo sformato di zucchine. E poiché il silenzio perdurava, proseguì: «Che cosa volete da me? Sono sempre stata una brava ragazza. La prima volta che ho fatto l'amore con un uomo avevo vent'anni e quell'uomo era il mio Sergio. Adesso gli sto mettendo le corna, lo so. Qualcuno, credo Bertrand Russell, ha detto che il tradimento può rafforzare una coppia. Non so se nel mio caso sarà così, ma so che ho voglia di fare l'amore con Bruno e non intendo soffocare questo desiderio».

Poi riavvicinò il piatto e riprese a mangiare.

«Ti offriremo la nostra spalla su cui piangere il giorno in cui dovessi trovarti nei pasticci», disse Carlotta.

«Grazie per la rassicurazione, anche perché so che quel giorno arriverà. Ma adesso non ci voglio pensare», decise Gloria.

«Giusto», convennero Andreina e Maria Sole.

«Devo sottoporvi un quesito», esordì l'avvocatessa. E

prese a dire: «L'altro giorno si è presentata nel mio studio la moglie di Gianni».

«La perfida Luisa Belgrado», sottolineò Maria Sole.

«Appunto», confermò Carlotta.

«Che cosa voleva?» si allarmò Andreina.

«Se mi fate parlare... Dunque, le ho fatto fare tre ore di anticamera, perché era venuta senza appuntamento, e anche perché speravo che si spazientisse e andasse via. Invece lei mi ha aspettata senza battere ciglio e, quando l'ho ricevuta, mi sono trovata di fronte una donna con un atteggiamento dimesso e conciliante. Si è scusata per avermi fatto qualche sgarbo e ha tirato in ballo la storia che, tra donne, non è mai il caso di farsi la guerra. Inoltre mi ha detto che non sarà mai una mia nemica e si comporterà sempre correttamente con Gianni. Voi che cosa ne pensate?» domandò.

«Che Fabio De Dominici l'ha mollata e vuole riconquistare suo marito. Mi sembra ovvio», disse Andreina.

«Non è affatto scema e sa che ha perso Gianni per sempre», osservò Carlotta.

«Giusto. Perché non lo chiedi a lui?» domandò Gloria.

«Già fatto. Brancola nel buio come me e comunque sostiene che di lei non ci si può fidare e non possiamo fare altro che vedere che cosa combinerà.»

«Perché non vuoi darle credito? Magari è sincera e vuole solamente instaurare un rapporto civile con l'ex marito e con te. A me sembra che sia stata carina a venire da te con la mano tesa», ragionò Maria Sole.

«Più ci penso e più mi convinco che questa richiesta di pace sia dettata da una perfidia più sottile: farci vivere nella tensione aspettando un colpo mancino che non potrà mai sferrare, perché dal punto di vista umano e legale Gianni e io non abbiamo nulla da nascondere.»

«Se è davvero così, mettiti tranquilla e smetti di pensarci», le suggerì Andreina.

«Forse hai ragione», convenne Carlotta.

«Ma questo non ti tranquillizzerà. La diffidenza è una brutta malattia. Sforzati di crederle e ti sentirai meglio», le consigliò Maria Sole.

Carlotta le sorrise e commentò: «Per ora mi sento meglio constatando quanto sei maturata nell'arco di pochi mesi. Stai diventando una donna meravigliosa, mia piccola Maria Sole».

Poi si rivolse ad Andreina e osservò: «Quanto a te, hai la fortuna di diventare mamma. Concentrati sul tuo bambino e rassegnati all'evidenza che, se lui non potrà avere un padre, ci saremo noi a colmare il suo vuoto».

Lei non disse niente, ma quando tornò a casa mandò una mail all'americano: «Ti andrebbe bene se sabato sera ci parlassimo via Skype? Almeno ci guardiamo in faccia».

33

Bill le rispose quando lei era già a letto e stava per chiudere il tablet.

«Posso farlo anche subito, se per te non è troppo tardi.»

«Apro il collegamento», digitò velocemente.

Dopo pochi istanti, sullo schermo comparve il viso dell'uomo amato.

Nel suo grembo il piccolo prese a scalciare, mentre il suo cuore accelerò i battiti.

«Finalmente ti rivedo. Mio Dio, come sei bella!» disse lui.

Lei era così emozionata che non riuscì a parlare.

«Stai bene?» la interrogò.

Andreina annuì continuando a guardarlo senza replicare.

«Riconosco la testiera del tuo letto.»

Lei osservava il viso di Bill, la capigliatura bionda che lo incorniciava, il sorriso incantevole e un'ombra di stanchezza a segnare lo sguardo.

«Che cosa ti succede?» gli domandò infine.

«Poi ti racconto. Dimmi invece di te. Sei ancora sola, oppure... hai un compagno?» indagò Bill.

«Non sono più sola. Con me vive Adele, una brava donna che era stata accanto alla mia mamma, e mi era stata vicina quando ero piccola. Dopo Natale sono andata a prenderla e ora è qui e si prende cura di me», spiegò, nascondendo le lacrime dietro un sorriso.

«Mi manchi tantissimo e non posso raggiungerti. Qui arrivano notizie allarmanti di quanto sta avvenendo in Italia. Temo che tu ti possa ammalare. E temo anche, nonostante le sciocchezze che escono dalla bocca del nostro Presidente, che il Covid si diffonda negli Usa», disse Bill.

«Ti decidi a dirmi quali sono i mutamenti nella tua vita?» chiese lei.

«Sto divorziando da mia moglie.»

Ad Andreina sembrò che il cuore le salisse in gola. Deglutì più volte e infine domandò: «La nostra storia ha avuto una parte in tutto questo?»

«Tu non c'entri. La mia dolcissima Diana mi ha riservato una sorpresa amara. Se non è troppo tardi, te la racconto subito. Altrimenti posso farlo sabato.»

«Raccontami tutto adesso. Mi dispiace per te e le tue bambine.»

Mentre Bill parlava, il suo racconto scorreva come un film davanti agli occhi di Andreina.

34

BILL Foster e sua moglie, Diana, accompagnarono le figlie al pullman, in sosta davanti alla loro scuola. Jennifer, dieci anni e la sorellina Barbara, di otto, erano eccitate, come le loro compagne, per la gita scolastica di tre giorni a Cape Cod. Una vacanza senza il controllo di mamma e papà.

I Foster si unirono agli altri genitori e, quando il pullman partì, sventolarono i fazzoletti alle ragazzine ammassate ai finestrini per salutarli.

Poi, i coniugi Foster risalirono in auto e da Brookline, dove abitavano, presero la via per Boston.

Considerando il traffico mattutino, Bill avrebbe impiegato almeno mezz'ora per raggiungere la sede della Tulip Inc. e, poiché era previsto un incontro con un cliente importante, non voleva arrivare in ritardo. Diana lo sapeva, ma aveva comunque insistito per farsi dare un passaggio in città, perché la sua auto era dal meccanico.

«Dovrai prendere un taxi in zona Tulip perché non ce

la faccio a lasciarti a Newbury Street», le disse Bill sapendo che la meta di sua moglie era l'antica via dello shopping.

«Caro, non c'è problema. Intanto, per mezz'ora mi godo il mio amatissimo marito», rispose lei, accarezzandogli la spalla.

«Sei troppo dolce e io non ti merito», sussurrò Bill che non smetteva di sentirsi colpevole non solo per averla tradita, ma anche perché continuava a sentire la mancanza di Andreina.

«Lascia che sia io a giudicare. Sei un marito e un padre meraviglioso, oltre che il compagno soccorrevole di una povera donna che, per un giorno la settimana, ha bisogno di distrarsi un po' in città», affermò lei, con tono soave.

«Poi, come torni a casa?»

«Non preoccuparti per questo. C'è la mia amica Susy che mi riporta a Brookline», lo rassicurò.

Susy era amica di Diana fin dai tempi del college. Dirigeva un piccolo *hotel de charme* nella zona storica di Brookline e viveva in un appartamento non lontano dal luogo di lavoro. Lei e Diana non avevano mai smesso di frequentarsi e, da quando Jennifer e Barbara avevano iniziato ad andare a scuola, Diana dedicava un giorno la settimana all'evasione dalla routine casalinga e lo trascorreva in città, con la sua amica del cuore.

Bill stimava la sua devota moglie che consacrava la vita alla cura della casa e della famiglia.

«Sei un tesoro e io non ti merito», le ripeté, dandole

un bacio sulla guancia, prima di lasciarla davanti al parcheggio della Tulip.

Mentre l'ascensore lo portava all'ultimo piano del Tulip Building, pensò che l'intimità con sua moglie si riduceva a rapporti sporadici. Del resto, la vita da manager lo sottoponeva a lunghi orari di lavoro, frequenti assenze da casa e, quando c'era, le sue attenzioni erano per le bambine che lo adoravano e gli raccontavano della scuola, degli insegnanti, delle loro amichette, delle vacanze da trascorrere con i nonni, gli zii e i cugini.

Sua moglie, invece, disquisiva a lungo sui soliti problemi domestici: la piscina da riparare e ripulire in vista della bella stagione, il giardiniere che aveva potato malamente una siepe, l'idraulico che aveva presentato un conto da rapina per la riparazione di alcuni rubinetti, le tende di casa logorate dal tempo che dovevano essere cambiate, la domestica di colore che si permetteva di usare il loro bagno, l'incarico gravoso che si era assunta per organizzare una festa scolastica, la raccolta di fondi per un regalo al vecchio pastore che andava in pensione, e la comunità l'aveva inserita nel comitato per l'accoglienza del nuovo ministro del culto che lo avrebbe sostituito.

Bill la ascoltava con tanta pazienza, la mente rivolta alla donna italiana che gli mancava molto.

Dopo il primo incontro con Andreina, che risaliva al settembre dell'anno precedente, era riuscito a rivederla in dicembre, a Milano, e avevano trascorso insieme due giorni di passione e lacrime. Poi l'oceano li aveva separati una seconda volta.

Poiché lui non smetteva di inviarle mail infuocate, un giorno lei gli aveva scritto:

> Per favore, amore mio, continua a essere la brava persona che sei, come marito e come padre, e mettiamo fine alla nostra storia impossibile. Quello che è accaduto tra noi resterà nei nostri cuori. Ma lascia che io viva la mia vita e tu vivi pienamente la tua.

Bill aveva pianto leggendo quelle parole, ma aveva capito che Andreina aveva ragione. Quindi aveva smesso di scriverle, ma non di amarla.

Entrò nel suo ufficio e ricompose i pensieri in vista dell'incontro con i responsabili di una grande azienda che produceva gadget per la campagna pasquale.

Lui doveva valutare i prodotti appetibili sul mercato europeo e gli acquisti con il settore commerciale.

La riunione si rivelò più laboriosa del previsto, tanto che a mezzogiorno fu decisa una sosta per il pranzo e prenotarono un tavolo al *Mistral*, un ristorante rinomato per la cucina francese.

Mentre aspettavano di essere serviti, presero a chiacchierare di baseball e di politica, di mercato delle armi e del nuovo virus cinese.

Bill si guardava intorno aspettando la *soupe à l'oignon* e vide, seduta a un tavolo in fondo al locale, la sua dolce, irreprensibile e devota moglie. Non era sola e neppure in compagnia dell'amica del cuore. Di fronte a lei sedeva un uomo giovane, atletico, bello come un top model della pubblicità. Sorseggiavano vino rosso e si guardavano negli occhi con aria trasognata, la mano destra di lui intrecciata a quella sinistra di lei.

Bill si alzò dal tavolo e andò in bagno a vomitare.

35

DOVETTE fare appello a tutta la sua capacità di autocontrollo per tornare a sedere con gli altri commensali.

Quando il loro pranzo si concluse, sua moglie era ancora al tavolo con lo sconosciuto e bevevano champagne.

Nel pomeriggio, in ufficio, Bill completò gli accordi per le forniture dei gadget pasquali e, rimasto solo, disse alla sua segretaria che non voleva essere disturbato.

Telefonò a un'agenzia di investigazioni private e ottenne un appuntamento per il tardo pomeriggio. Si presentò alla Fox Investigation e parlò con il direttore. Gli espose la scoperta inattesa della moglie in compagnia di una specie di gigolò, gli fornì una foto di lei e l'uomo prese nota dei dati.

«Voglio sapere tutto di questo individuo, dove e quando si incontra con Diana e da quanto tempo va avanti la loro storia.»

Poi salì in auto e tornò a casa.

Diana lo accolse festosa, come sempre. Bevvero insieme un aperitivo e lei gli domandò: «Perché mi scruti come se volessi radiografarmi?»

«Sarà che non ci sono le nostre bambine e tu mi sembri particolarmente bella», replicò lui con un'improntitudine che non sapeva di possedere. Perché, in realtà, la guardava con una sorta di ribrezzo.

Non era geloso, era inferocito e la ascoltava schiumando di rabbia, anche contro se stesso perché lui, per primo, l'aveva tradita con Andreina. Quindi, che diritto aveva di disprezzarla?

«Sai, oggi, in città, sono andata con Susy a vedere i tessuti per i tendaggi. Mi sono fatta dare un campionario, perché vorrei che li scegliessimo insieme», cinguettò Diana.

Lui la osservava e si domandava perché mai, tutti e due, si tradissero di nascosto, senza trovare il coraggio di dirsi che erano diventati una coppia come tante. Continuavano a vivere insieme, a crescere i figli insieme, a invecchiare insieme senza amarsi ma solo per rispettare le convenzioni sociali. In realtà non avevano più niente da dirsi e avevano smesso di sentirsi attratti l'uno dall'altra. Vivevano nella menzogna e le loro figlie, crescendo, se ne sarebbero accorte e si augurò che considerassero i loro genitori come un esempio da non seguire.

Per lui, Andreina era ormai un capitolo chiuso, anche se non smetteva di desiderarla. Probabilmente anche Diana avrebbe chiuso il capitolo con il gigolò e si sarebbe adattata a una vita coniugale senza passione, per tenere unita la famiglia.

«Allora, caro, quale tessuto sceglieresti per le tende nuove?» gli domandò sua moglie.

Si accorse di avere in mano il campionario e di passarlo in rassegna pensando ad altro.

«Non so che dire», replicò confuso.

«Lo sapevo. Voi uomini siete tutti uguali. Dobbiamo fare tutto noi, salvo poi sentire le vostre critiche perché abbiamo scelto male», protestò la moglie.

«Oppure ci accorgiamo che le tende sono nuove quando ci presentate la fattura da pagare», replicò.

«Appunto», annuì lei, con un sorriso disarmante.

Fu quell'aria innocente a scatenare di nuovo la sua repulsione.

«Che cosa hai fatto oggi, con Susy?» le domandò.

«Siamo andate per tessuti tutta la mattina», rispose.

«Dove avete pranzato?» continuò a indagare.

«Nel suo ufficio. Ci siamo fatte portare birra e pizza napoletana, davvero squisita. Poi abbiamo passato il pomeriggio da H&M a curiosare tra i saldi, ma non abbiamo fatto acquisti. Invece abbiamo fatto chiacchiere a non finire al Coffee Shop, gustando una fetta di plumcake e una tazza di caffè.»

«Avreste potuto offrirvi una coppa di champagne», osservò lui.

«Mio caro, lo champagne lo bevo solamente con te

nelle feste comandate», mentì Diana con una tranquillità scandalosa.

«Sai che potrei essere geloso di Susy?» insistette Bill.

«Sciocco! Susy non è un bel ragazzo, ma se lo fosse, io sono una donna all'antica e non ti tradirei mai. Tu sei il solo uomo della mia vita», garantì Diana, imperturbabile.

«Ti sono grato della tua fedeltà e qualche volta mi rammarico di avere così poco tempo da dedicare a te e alle bambine», disse, mentre pensava che erano una coppia di formidabili bugiardi.

«Bill caro, tu mi stai bene così come sei e non desidero, né ho mai desiderato, un altro uomo. Non voglio sembrare una madre snaturata, ma apprezzo l'assenza delle bambine, che mi consente di chiacchierare con te come quando eravamo fidanzati. E adesso vado a prelevare dal forno l'arrosto di tacchino con le patate, prima che bruci.»

Si alzò dal divano e si avviò verso la cucina.

Bill non sapeva se ridere amaramente di lei e di se stesso, o piangere di disgusto per le bugie che si stavano raccontando.

A tavola si sforzò di mostrarsi tranquillo, mentre mangiava in silenzio.

Poi arrivò la telefonata delle bambine, che travolsero entrambi con la loro gioia, inconsapevoli di essere il collante di un matrimonio squallido.

Poco dopo Bill si rintanò nel suo studio, si distese sulla poltrona Frau che alleviò la stanchezza e gli conciliò un sonno cupo da cui si ridestò a notte fonda. Allora si trascinò al piano superiore, si spogliò e si infilò nel letto coniugale, accanto a sua moglie, e si riaddormentò.

Il sabato trascorse velocemente, la domenica fu rallegrata dal ritorno di Jennifer e Barbara, che portarono una ventata di gaiezza.

Più di una volta, in quelle ore del fine settimana sospese sul nulla, Bill desiderò di scrivere ad Andreina per raccontarle l'ipocrisia del suo matrimonio. Non lo fece unicamente per rispettare la sua richiesta di silenzio.

Benedisse il lavoro, che gli impediva di riflettere sulla sua vita famigliare.

Il venerdì successivo ricevette il rapporto della ricerca esplorativa della Fox Investigation e sorrise amaramente leggendo i risultati.

«Caro signore, il nostro è un Paese calvinista, dove le apparenze contano molto più della sostanza. Le infedeltà non sono tali fino a quando non vengono alla luce. Sua moglie la tradisce da prima che nascesse la vostra seconda figlia. Dipende da lei portare allo scoperto la situazione o ignorarla», disse il capo dell'agenzia investigativa.

«Lei che cosa suggerisce?» gli domandò Bill.

«Io mi limito a consegnarle la documentazione dei tradimenti e le suggerisco di confrontarsi con il suo avvocato», sentenziò l'uomo.

Il primo amante di Diana era stato un suo collega di lavoro, sposato e padre di tre figli.

Lui e Diana erano amici della coppia, che viveva come

loro a Brookline. Insieme giocavano a golf e insieme facevano le vacanze estive. Bill non si era mai accorto di nulla.

Dopo la nascita della loro seconda figlia, il collega era andato a lavorare per una multinazionale del food e si erano persi di vista.

L'ultimo amante, quello attuale, era una star richiestissima per la pubblicità di profumi e biancheria intima. Non sapeva come Diana lo avesse conosciuto e non gli interessava saperlo.

Quella sera, dopo che le figlie erano andate a dormire, Bill affrontò sua moglie.

Erano in soggiorno. Lei aveva acceso la tivù per seguire una sit-com di successo: *How I met your mother*.

Lui si piazzò di fronte a lei e annunciò: «Ti devo parlare».

«Caro, proprio adesso... sul più bello?» tubò Diana, rivolgendogli uno sguardo supplichevole.

Lui prese il telecomando, spense la tivù e le confessò: «Qualche mese fa, ti ho tradito».

Lei tacque per qualche secondo, poi domandò: «Continui a farlo?»

«È finita», replicò Bill.

«Allora è inutile parlarne», concluse lei con un sorriso mite, e allungò una mano per riprendere il telecomando.

«È tutto qui quello che hai da dire?» si stupì lui.

«Una moglie saggia non dà importanza a un piccolo

incidente di percorso. Non pensarci più, come farò io», sussurrò.

«Francamente mi aspettavo che chiedessi il divorzio», obiettò Bill, che non sapeva se indignarsi o continuare quel gioco per vedere fino a che punto Diana sarebbe arrivata.

Sentiva montare dentro di sé una rabbia furibonda per i sensi di colpa che lo avevano dominato nei confronti di questa moglie che considerava una Penelope capace di ogni sacrificio per salvare l'amore del suo Ulisse.

Invece, per lei, il marito era soltanto uno strumento per salvare la rispettabilità della sua condizione di moglie e di madre. Si domandò se l'avesse mai amato e la risposta che si diede fu terrificante: lui era solamente l'uomo che le garantiva una vita agiata, assicurandole il necessario e anche il superfluo.

«Tesoro, io capisco un momento di debolezza e passo oltre. Il divorzio è fuori discussione», disse Diana con dolcezza.

«A questo punto, io voglio divorziare», ribatté Bill, con fermezza.

«Stai scherzando, vero?» si allarmò.

«Non sono mai stato più serio di così», affermò lui.

«Sappi che non te lo concederò mai. Smettila di fare il bambino capriccioso. Stavo vedendo una storia divertente in tivù e tu mi interrompi per sparare sciocchezze. Chiuso l'argomento», replicò Diana.

«Contatterò il mio avvocato e tu farai bene a trovare

un difensore che ti aiuti a riflettere sulla serie infinita di amanti che hai avuto da otto anni a questa parte, compreso l'ultimo gigolò con il quale ti ho sorpresa una settimana fa a un tavolo del *Mistral*. A proposito, il pranzo e lo champagne te li ha offerti lui o li ho pagati io?» la spiazzò mettendo le carte in tavola.

Lei scattò in piedi e, guardandolo con odio, sibilò: «Sei uno stronzo!»

«Potrei dirti che sei una puttana, ma direi una cosa che non penso. Sono invece convinto che tu sia una grande bugiarda, perché non hai sentimenti. Dubito che tu mi abbia mai amato e dubito che tu possa amare le nostre figlie. Potrei metterti alla porta, ma non lo farò. Trovati velocemente un avvocato, perché da me non avrai più niente, nemmeno le nostre figlie», sibilò e andò a chiudersi nel suo studio.

36

Andreina aveva ascoltato allibita il racconto di Bill, che concluse: «E questo è quanto è accaduto dopo le feste di Natale. Devo dirti che mi stanno salvando il lavoro, l'affetto delle mie bambine e mia madre che, per fortuna, è una sessantenne in ottima forma e di carattere allegro. Per quanto mi sforzi di sdrammatizzare la mia situazione, io sto ancora sentendo i graffi dell'anima, perché pungono e fanno male. Ma adesso dimmi di te».

«Io sto bene, amico mio. Invece mi deprime la storia che stai vivendo e credo alle tue parole solamente perché un po' ti conosco, altrimenti penserei alla trama di un film squallido», replicò Andreina.

«Spesso, la realtà è molto più incredibile della finzione narrativa. Sono vissuto per tanti anni accanto a una moglie che non conoscevo e posso dirti che avrei preferito non scoprire il suo lato nascosto e continuare a sentirmi in colpa per averti amato, perché ci sono verità che ci segnano per il resto della vita. Speravo, nel mio viaggio in Europa, di rivederti, ma questa pandemia, che noi americani non riusciamo ancora a prendere sul serio, ha cambiato i miei programmi, almeno per il momento», concluse Bill.

«Quello che ti è successo è così incredibile che ti occorrerà tempo per risollevarti, ma il tempo sana anche le ferite più profonde e arriverà il giorno in cui ricomincerai a essere il Bill di sempre», garantì lei.

«Mi fa bene parlare con te, amore mio», disse lui. E soggiunse: «Lo vedi come sono diventato egoista? Penso solamente a me».

«Buonanotte, Bill, anzi, per te buona serata. Qui invece è notte fonda», precisò Andreina.

Chiuse il tablet, si alzò e lo posò sul cassettone, accanto al ritratto di Viviana.

Osservò la foto di sua madre, che era una bella donna, forte e volitiva, e le sembrò che la guardasse con compassione.

Accarezzò la sua immagine e ricordò un tramonto d'estate. Lei e la mamma sedevano su un masso di pietra, lungo l'arenile di Porto Cesareo. Lei aveva sei anni, Viviana era una bella ragazza di ventitré anni. Stavano avvinghiate l'una all'altra e la mamma le diceva che l'avrebbe affidata agli zii, perché lei doveva andare a Milano a lavorare nella casa del dottor Guarnieri, che aveva una moglie bisognosa di molte cure.

Per Andreina, quelli erano stati anni difficili, lontani dalla mamma che era il suo unico riferimento affettivo.

Affidata agli zii, che non l'amavano, aveva avuto un'infanzia solitaria e soffriva per essere segnata a dito dai compaesani che la consideravano la figlia del peccato.

Tornò ad accarezzare il ritratto della madre e le sussurrò: «Ecco, lo vedi? Ora il padre della mia creatura è un uomo libero e se gli rivelassi la paternità del mio bambino non esiterebbe a sposarmi. Però mi domando se è davvero ciò che voglio. Dopo aver ascoltato la sua confessione, non sono sicura di voler legare il mio destino al suo.»

Tornò a letto e dopo poco si addormentò.

«Andreina, tu sei come la tua mamma: non vuoi legarti a un uomo», commentò Adele, dopo che lei le ebbe raccontato la lunga storia di Bill.

«Mamma si sarebbe sposata, non fosse altro che per darmi un padre, se il ragazzo che amava, e l'aveva messa incinta, fosse tornato a Porto Cesareo. Ma di lui, sparito con il suo sacco a pelo, sapeva solamente il nome e non aveva alcun modo per rintracciarlo», ribatté Andreina.

«Lui non tornò più e lei lo idealizzò per il resto della sua vita, tanto che non pensò mai a trovarsi un marito. Le bastavi tu e il suo lavoro. Ora che hai l'occasione di dare un padre al tuo bambino ti tiri indietro. Ti pare un atteggiamento sensato?» chiese la donna.

«Io ragiono, Adele. Che senso ha dirgli che aspetto un figlio suo? Lui vive in America e io in Italia. Io non lascerò mai questa città per andare a vivere a Boston e non penso che lui rinuncerebbe alla sua carriera per venire a vivere qui. Tanto vale che non sappia niente», ribatté convinta.

«Decidi tu, figlia bella. Su di me puoi contare fino a quando sarò in grado di esserti utile.»

«Ma tu starai sempre con me, cara Adele. E un giorno, il più lontano possibile, sarò io a prendermi cura di te, come tu hai fatto con la mamma e anche con me», garantì Andreina.

Più tardi, le due uscirono per la messa domenicale. I fedeli erano pochi e qualcuno indossava già la mascherina. Ormai dilagava il timore di contrarre il virus cinese.

Andreina propose di pranzare al ristorante.

«Tu sei matta. A casa ci aspetta un timballo di pasta al forno e meno andiamo in giro e meglio è. Ricordati che non devi difendere solamente te stessa, ma anche la creatura che ti porti dentro», la ammonì Adele.

«Era per distrarci un po', anche perché tu stai quasi sempre in casa e mi piacerebbe farti conoscere la mia città.»

«Ci sarà tempo, quando spingerò la carrozzella del tuo bambino.»

«O la mia bambina. Non vedo l'ora di scoprire se sarà un maschietto o una femminuccia.»

«La tua ginecologa lo sa da un pezzo se è maschio o femmina. Perché non vuoi che te lo dica?»

«Deve essere una sorpresa. Se sarà maschio, lo chiamerò William, come suo padre. Se sarà femmina, la chiamerò come la mia mamma, Viviana», disse lei, con un sorriso raggiante.

Trascorsero il pomeriggio sonnecchiando e guardando la tivù. Di tanto in tanto Andreina rimuginava il racconto di Bill. L'aveva colpita il suo sguardo dolente mentre parlava della moglie che lui aveva messo su un altare, come se fosse una santa, e si era poi rivelata una casalinga benestante in cerca di avventure per sconfiggere la noia.

Si convinse che gli uomini, in fatto di donne, non capiscono niente. Se il caso non gli avesse fatto scoprire la verità, sarebbero invecchiati insieme coperti da un drappo di bellissima seta preziosa, senza una piega, uno strappo, una macchia, perché tale doveva apparire la loro unione. Ma sotto tanta perfezione non c'era altro che il vuoto del valore più importante in un matrimonio: la sincerità.

La loro coppia era un po' lo specchio della nostra società, afflitta da una verbosità straripante e da una cura maniacale del look per nascondere il vuoto del pensiero e dell'anima. Una società di individui chiusi dentro il guscio del proprio egoismo che proietta all'esterno l'immagine di una perfezione che non esiste.

«E dire che sarebbe tanto semplice essere sereni, se ognuno avesse il coraggio di dire la verità», sussurrò accarezzandosi il grembo, mentre la sua creatura la faceva sussultare con dolci calcetti.

«Che cosa ti passa per la mente, figlia mia?» le domandò Adele.

«Pensavo al padre del mio bambino. Credo di averlo idealizzato. Lo vedevo come l'eroe che sacrificava la sua passione per me sull'altare della sacra famiglia. Ora Bill ha scoperto che la sua famiglia non era così sacra e, secondo me, non voleva vedere i tradimenti di sua moglie, perché anche lui voleva trasmettere agli altri l'immagine di una coppia perfetta. Mentiva lei e mentiva anche lui e ora dubito che con me fosse sincero.»

«Andreina, smettila di spaccare il capello in quattro, perché non ci riesci. Pensa che anche tu finora non sei stata sincera tacendogli la gravidanza», la ammonì Adele.

«Ma io l'ho fatto per non distruggere una famiglia», si ribellò.

«Ognuno di noi cerca una scusante alle proprie bugie. Ed è bene che sia così. Ti immagini cosa succederebbe nel mondo se tutti dicessero la verità? Altro che rivoluzione! Sarebbe la fine di un sistema su cui si fonda il mondo, da sempre. Tutti mentono, lo fa anche la natura. Pensa a certi funghi bellissimi che, come li guardi, ti dicono: Mangiami! Ma se lo fai muori, perché sono velenosi. Ora tu hai bisogno di verità, cercala dentro di te. Chiediti se hai smesso di essere innamorata del tuo americano e, se la risposta che ti dai è un sì, allora domandati come mai.»

«Me lo sto chiedendo e la risposta che mi do non è bella, Adele.»

«E quale sarebbe, se me la vuoi dire?»

«Che lui potrebbe piombare nella mia vita e sconvolgerla.»

«Mi sembra che lo abbia già fatto, a giudicare dal tuo pancione.»

«Che cosa c'entra? Questo è il mio bambino.»

«Ed è anche il suo.»

«Sono un'egoista?»

«Non lo so. Io sono una donna ignorante, e tu sei cresciuta senza un padre. Capisco anche che ora non vuoi legarti a un uomo, perché non sai che cosa accadrà in futuro e difendi la tua indipendenza dicendoti che hai smesso di amarlo. Il nocciolo è tutto qui. Ma sarà poi vero che non lo ami più? Sei sincera o menti a te stessa? Come vedi, la verità è molto più complessa di quanto crediamo. Ascolta il tuo cuore, ma anche la ragione, e poi regolati di conseguenza.»

«Adele, mi hai messa con le spalle al muro.»

«Figlia bella, hai fatto tutto da sola. Io non c'entro», disse la sua fedele amica.

37

Il venerdì mattina di quel fine settimana, Maria Sole prelevò dal ripostiglio il passeggino di Michele e lo mise in anticamera.

Il piccolo, che era in braccio a lei, osservò i maneggi della madre e prese a sgambettare ed emettere gorgoglii di felicità, perché aveva capito che la sua mamma lo stava portando a passeggio.

Antonella, la nuova colf, la raggiunse quando i due stavano per entrare nell'ascensore, porgendole una mascherina.

«Tira una brutta aria, signora», le disse.

«E io dimentico troppo spesso di coprirmi la faccia con questo aggeggio poco piacevole», proseguì Maria Sole, ringraziandola.

«Ma ci sono io a ricordarglielo», replicò Antonella, con la consueta affabilità.

La giovane padrona di casa si rendeva conto solo ora

dell'infinita pazienza che aveva richiesto tollerare una collaboratrice pigra come Soledad. Mai come adesso la sua casa splendeva per la pulizia accurata, e si disse che la sua amica Andreina, che le aveva mandato Antonella, era insuperabile nel trovare la persona giusta da collocare nel posto giusto.

Al piano terreno, mentre si apprestava a uscire, incrociò Cristina, la suocera, che stava rincasando.

«Dove andate di bello?» le domandò.

«A fare un giro qui intorno», rispose Maria Sole.

«Se mi aspetti un minutino, esco con voi. Ho così poche occasioni per spupazzarmi il mio nipotino!»

«Cristina, ti prego, non colpevolizzarmi, anche perché potrai viziare il cucciolo da stasera fino a domenica, mentre io sarò via», disse Maria Sole. E soggiunse: «Ma adesso lasciami andare».

«Non mi perdonerai mai?» domandò la donna, in un sussurro.

«Tranquilla, l'ho già fatto.»

Le diede un bacio sulla guancia e aprì il portone del palazzo per uscire.

Era felice perché, quella sera, avrebbe rivisto Alberto e, per la prima volta, avrebbero trascorso l'intero fine settimana nella villa di Paraggi.

«Mia madre va in collina, da sua sorella, per tutto il weekend», le aveva detto Alberto.

«Allora sa di noi?» aveva chiesto Maria Sole, che non

avrebbe saputo come rapportarsi con la guardiana della villa.

«Non ancora, ma un giorno o l'altro bisognerà dirglielo», aveva replicato lui.

«Adesso non sono pronta per affrontarla.»

Lui aveva capito il suo imbarazzo e le aveva garantito che nessuno avrebbe limitato la loro libertà.

Entrò nei giardinetti dietro casa. Erano le dieci del mattino e sapeva che, a quell'ora, c'erano altre mamme con i loro cuccioli.

Michele, dal passeggino, allungò le braccia per essere preso in grembo. Maria Sole sedette su una panchina, salutò un'altra mamma che teneva in braccio la sua bimba di nove mesi che, vedendo Michele, prese a sgambettare felice protendendosi verso di lui.

Anche Michele l'aveva riconosciuta e si esibì in una serie di smorfie buffe e sorrisi. Si sorrisero anche le due mamme.

«Non c'è ancora nessuno, stamani», osservò Maria Sole.

«Credo che sia l'effetto Covid», replicò l'altra.

«A Milano, però, dovremmo essere più tranquilli. Lo sfacelo è nel Bergamasco. Giusto?» replicò lei.

«Mio marito lavora al Policlinico e so che la situazione non è bella neppure da noi. Per fortuna lui è un chirurgo e sta alla larga dal reparto Covid, ma sta pensando di portarci in montagna. Abbiamo una casetta in

Valle d'Aosta e dice che, almeno lì, io e i bambini saremmo al sicuro.»

«Mi stai aprendo un mondo. Io ho una casa a Paraggi e potrei isolarmi lì, con Michele», sussurrò lei, pensando ad alta voce e ricordando il suggerimento di Alberto che le aveva detto: «Dovresti venire in villa con il tuo bambino e fermarti lì, aspettando di capire l'evoluzione della pandemia».

Quando tornò a casa ricevette una telefonata da Pablo che, in lacrime, le annunciò: «Mariano ha il Covid. È stato ricoverato questa notte, perché aveva la febbre alta e faceva molta fatica a respirare. Mi hanno detto che non posso vederlo e mi chiameranno loro per darmi notizie».

«E me lo dici solamente adesso?» s'infuriò lei, e alzando la voce proseguì: «Se permetti, Mariano è ancora mio marito, almeno per la legge, ed è il padre di mio figlio. Non capisco come tu ti sia arrogato il diritto di fornire il tuo recapito, invece del mio, e quello di tacere fino a questo momento».

«Non ho scusanti, se non quella di essere terrorizzato. Maria Sole, ho perso la testa. Perdonami, se puoi. Mi hanno fatto subito un tampone e aspetto che mi chiamino per avere il responso.»

Il ballerino piangeva come una fontana.

«Perdonami, perdonami, perdonami», balbettava.

«Non parliamone più. Ma appena si fanno vivi quelli dell'ospedale, dai il mio numero del telefono», concluse lei.

Subito dopo chiamò Cristina.

«Vuoi venire da me a prendere un caffè?» le propose con dolcezza.

«Volo», rispose la suocera.

Due minuti dopo entrò in casa sorridente. Cristina era una sessantenne dall'aspetto piacevolissimo. Vestiva e si comportava con l'eleganza sobria delle signore milanesi della buona borghesia.

Maria Sole aveva affidato la cura del suo bambino ad Antonella e accolse la suocera nel salotto, guardandola con infinita pietà, perché stava per darle un grande dolore.

«Non sai come sono contenta di stare un po' con te, dopo mesi di freddezza», esordì Cristina.

«Lo sono anch'io e ti dico che ti voglio bene», disse Maria Sole, versandole il caffè nella tazzina.

«Grazie, cara. Le tue parole mi confortano», Cristina le sorrise dandole una carezza.

Maria Sole la abbracciò e sussurrò: «Mariano non sta bene. Non avrei voluto dirtelo, ma è un tuo diritto sapere di lui».

«Che cosa è successo?» domandò la suocera, allarmata.

«Nulla di irreparabile, almeno spero. È stato contagiato dal Covid e stanotte lo hanno ricoverato al Policlinico», disse Maria Sole, spiegandole quanto le aveva riferito Pablo.

Quindi concluse: «Ora lui darà all'ospedale il mio numero di telefono per avere il bollettino quotidiano, ma non possiamo fare niente, se non aspettare».

La suocera, con voce spezzata dal dolore, disse: «Non è vero che non possiamo fare niente. Siamo amici fraterni del professor Cardoni. Lui è il primario di infettivologia. Lo chiamo subito».

Alla segretaria che le rispose, lei declinò le proprie generalità e aspettò in linea per avere una risposta.

Fu un'attesa snervante di pochi minuti che, per le due donne, sembrarono un'eternità. Infine, quando sentì la voce dell'amico fraterno, riversò su di lui tutta la sua ansia.

Il professor Cardoni recuperò la cartella compilata dal medico che stava seguendo Mariano e leggendola le disse: «Tuo figlio ha un fisico forte. Per ora è stato intubato ed è in terapia intensiva. Stasera ti dirò come sta reagendo al cortisone e agli antibiotici. Spero di darti buone notizie. Comunque manderò a casa un'infermiera per fare un tampone a tutta la famiglia. Quanto al resto, mettiti tranquilla».

Maria Sole aveva sentito la telefonata in viva voce. Tornò ad abbracciarla e a rincuorarla.

Solamente nel pomeriggio si ricordò che mancavano poche ore all'arrivo di Alberto che l'avrebbe portata a

Paraggi per il fine settimana. Lo chiamò e gli raccontò ogni cosa.

«Tu capisci che il nostro fine settimana è rimandato a chissà quando», disse Maria Sole.

«Non preoccuparti, tesoro. Sono sicuro che a te e al bambino non è successo niente, ma aspetterò l'esito dei vostri esami», si congedò lui.

I tamponi risultarono in effetti negativi.

38

La sera di quel venerdì, Gloria e Vieri chiusero l'agenzia e, come d'abitudine, prima di salutarsi presero insieme l'aperitivo al bar-pasticceria che era al piano terreno del palazzo.

Tra un sorso di prosecco e una manciata di patatine, iniziarono a parlare di lavoro e a interrogarsi sui programmi futuri. Molti eventi già definiti erano stati cancellati a causa della pandemia che imponeva restrizioni severe. Ne rimanevano altri minori, solamente online.

«Dobbiamo prepararci ad affrontare tempi duri», disse Vieri, recitando il solito mantra.

«Ho paura che dovremo mettere il personale in cassa integrazione», replicò Gloria, pur sapendo che nessuno dei due avrebbe voluto farlo. E soggiunse: «Sarebbe tremendo, soprattutto se penso alla mia segretaria. Non basta che suo padre sia venuto a mancare. Adesso è rimasta sola a mantenere anche il fratello disabile».

«La penso come te, ma non siamo un istituto benefico. Se continua così, tra due mesi chiudiamo la baracca per sempre», ragionò il socio con la freddezza dell'amministratore.

«Però, nei molti anni di prosperità abbiamo accantonato ottimi guadagni. Sia tu sia io abbiamo le spalle coperte. Ma i nostri collaboratori, se devono vivere di cassa integrazione, non so come possono farcela. Non essere cinico, per favore», lo rimproverò Gloria.

«Non io, è l'economia a essere cinica. Qualcosa mi dice che non tarderà di molto la chiusura totale di tante attività, perché il numero dei contagiati continuerà a salire», rivelò Vieri.

«Non è possibile! Dici che chiuderà anche questo bar? E la gente che ci lavora starà a casa? Mi sembra una prospettiva terrificante. Penso al mio Sergio e ai suoi operai.»

«Passerà. L'umanità ha superato da sempre tanti momenti difficili e supererà anche questo. Ma a quale prezzo?» si interrogò Vieri.

«Siamo ancora giovani, pieni di energie, di creatività e, come dicono gli americani, *think positive*!» ribatté Gloria.

«Non so da dove ti venga tutto questo ottimismo.»

«Dal fatto che sono innamorata. A questo proposito, vorrei chiederti di coprirmi per questo fine settimana.»

«Non capisco», disse lui.

«Ho detto a Sergio che sarò a Verona per lavoro sabato e domenica. Naturalmente con te.»

«Continuo a non capire. Non abbiamo nessun impegno a Verona», si smarrì Vieri.

«Ma perché gli uomini sono sempre così imbranati? Sto tradendo il mio Sergio. Non è proprio un tradimento... è un cornino piccolo piccolo e non se ne accorgerà mai, se facciamo le cose bene. Ti è chiaro il concetto?» spiegò lei, con serenità.

«No, ma mi adeguo. Quando rientriamo da Verona, se lui me lo chiedesse?»

«Domenica sera, ma non ti chiamerà. Puoi stare tranquillo», lo rassicurò.

Il sabato mattina Gloria fece colazione con Sergio e gli domandò: «Che cosa farai in questi due giorni da scapolo?»

«Starò un po' con mio padre, tanto per liberarlo dalla Preciosa che gli sta sempre con il fiato sul collo», rispose lui.

«L'ingegnere te ne sarà grato. Controlla se hanno i disinfettanti per le mani, perché non sono così sicura che la Preciosa abbia capito fino in fondo la gravità della situazione.»

«Lei forse no, ma papà ha le idee chiare e ti assicuro che ha imparato a farsi ubbidire», garantì Sergio.

Suonò il citofono. Era l'autista del taxi che lei aveva chiamato la sera prima.

«Devo andare, Sergio caro», disse, pulendosi le labbra con un tovagliolo di carta. Poi gli scoccò un bacio sulla guancia, agguantò la borsetta, la valigetta ventiquattrore e schizzò via, lottando con l'impulso di mandare tutto a monte e restare a casa con il suo innocente compagno.

Lui la salutò dalla soglia della villetta, mentre lei saliva in taxi e gli diceva: «Domani sarò di ritorno per cena».

All'autista diede l'indirizzo della casa di Bruno e, dopo un quarto d'ora, quando scese davanti al palazzo in cui viveva il chirurgo, lui era sul portone ad aspettarla.

La porta del suo appartamento era socchiusa, entrarono e, a quel punto, lui la abbracciò e iniziò a coprirle il viso di baci, mentre sussurrava: «Finalmente sei tutta per me. Ti amo, rondinella!»

«Lascia almeno che mi tolga il soprabito», balbettò lei, sopraffatta dall'emozione.

«La giacca e tutto il resto, perché ti voglio nuda nel mio letto, subito», disse lui, prendendola in braccio. Attraversò l'appartamento, dove aleggiava un vago profumo di talco che evocava innocenti sentori della sua infanzia.

E, tra le braccia di Bruno, le sembrò di tornare piccola, quando le carezze e i teneri sussurri della mamma la cullavano e lei si addormentava appagata e felice. Non le era mai più accaduto di provare sensazioni che risalivano a tempi così lontani e di cui era rimasta traccia nei meandri della memoria.

Stava vivendo momenti sublimi.

Più tardi si avventarono sul cibo che la domestica aveva preparato in abbondanza per il fine settimana.

Sedevano nel soggiorno, scambiandosi sguardi ridenti perché erano felici. Il sole tiepido di mezzogiorno aveva invaso la stanza e, dalle finestre spalancate, entrava un tepore lieve in sintonia con il loro stato d'animo.

Suonò il citofono. Bruno andò a rispondere e Gloria lo sentì confabulare.

Poco dopo lui tornò da lei porgendole un fascio di tulipani bianchi e gialli.

«Per te, rondinella, che sei entrata nella mia vita con tanta grazia e hai costruito il tuo nido nel mio cuore», le disse.

«Grazie», sussurrò, commossa, prendendo tra le braccia quei bellissimi fiori.

Il resto della giornata trascorse in un soffio. La domenica mattina decisero di fare una passeggiata nel parco. Camminando pigramente fianco a fianco, ormai sazi d'amore, lui commentò dispiaciuto: «Abbiamo ancora una manciata di ore solamente per noi. Dopo dovrò lasciarti tornare dal tuo Sergio».

Lei guardò con tenerezza quell'uomo bellissimo e innamorato.

«Lo sai che il mio compagno ha la priorità. Lo hai sempre saputo», replicò con un filo di voce.

«Perché ti ho scoperta così tardi? Avrei potuto accorgermi di te quando eri ancora una ventenne e bazzicavi la nostra casa per studiare con mia sorella», si rammaricò lui.

«Allora io ero già innamorata di Sergio e tu, che eri laureato, iniziavi a lavorare in ospedale e avevi una fidanzata», gli ricordò.

«Che in seguito avrei sposato, ed è durata fino al giorno in cui si è accorta che io amavo solamente la mia professione», commentò lui. E concluse: «Aveva ragione lei, non l'amavo abbastanza».

Gloria tacque e lui proseguì: «Mentre adesso mi sembra di essere un liceale al suo primo innamoramento. Non vedo quello che mi sta intorno, esisti solamente tu».

In quel momento, lungo un viale laterale a quello in cui passeggiavano Gloria e Bruno, avanzavano due uomini che chiacchieravano vivacemente: erano Sergio e suo padre.

I due innamorati, ignari del resto del mondo, non li notarono.

Sergio, invece, riconobbe subito Gloria e si bloccò.

«Ti sei stancato di camminare?» gli domandò il padre.

«Un istante di pausa», balbettò Sergio, colto da un improvviso senso di soffocamento.

Quando Gloria e il suo compagno si allontanarono, Sergio disse al padre: «Torniamo indietro. Ti riporto a casa».

39

Gloria ripiombò nella realtà quando la chiamò Andreina che le domandò: «Dove sei?»

«Fuori», rispose.

«Ti disturbo?»

«Hai solamente interrotto un momento magico, ma ti ascolto», rispose. Lei e Bruno si stavano avviando verso casa a pranzare con quello che era rimasto nel frigorifero.

«Il povero Mariano è in ospedale con il Covid e sembra che le sue condizioni si stiano aggravando di ora in ora», le annunciò l'amica, che aveva ricevuto la notizia da Maria Sole soltanto pochi minuti prima e aveva già avvertito Carlotta.

Poiché Gloria taceva, Andreina domandò: «Mi hai sentita?»

«Ti ho sentita e non ho parole», replicò infine, affrettandosi ad aggiungere: «Che cosa possiamo fare per la nostra amica?»

«Nulla, purtroppo. È successo tutto venerdì, quando lei aspettava Mariano per affidargli il figlio visto che sarebbe andata via per il fine settimana con Alberto», spiegò Andreina.

Quando chiuse la comunicazione, Gloria riferì a Bruno il senso della telefonata. «È una brutta storia. Anche al Monzino abbiamo aperto un reparto Covid. A quanto mi hai detto, questo tuo amico ha poche probabilità di cavarsela. Però, sappiamo così poco di questo virus, che non mi stupirei se riuscisse a guarire», commentò lui.

Pranzarono insieme, ma ormai l'incantesimo si era spezzato e Gloria decise di tornare a casa da Sergio prima del previsto.

Il suo compagno non c'era e Gloria ne approfittò per sistemare le sue cose. Poi andò in cucina a preparare la cena.

Sergio tornò poco dopo. Vide sul tavolo del vestibolo un grande fascio di tulipani colorati dentro un vaso di cristallo. Fece una smorfia e si inoltrò nel soggiorno.

Lo accolsero il camino acceso e la musica degli 883 con l'inconfondibile voce di Max Pezzali che cantava *Sei un mito*, un motivo degli anni Novanta, impossibile da dimenticare sia per lui sia per Gloria.

Gloria stava venendo dalla cucina con un vassoio su cui aveva posato una bottiglia di bollicine Berlucchi, due coppe di cristallo e una ciotola di mandorle tostate.

Lo posò sul tavolo davanti al divano, gli sorrise e gli

si accostò sfiorandogli la guancia con un bacio, mentre gli domandava: «Come stai, caro? È bello rivederti».

«Io bene e tu?» rispose Sergio, lasciandosi cadere di peso sui cuscini.

«Com'è andata la tua domenica con l'ingegnere?» gli domandò ancora lei, lievemente preoccupata per la sua espressione impenetrabile.

I suoi pensieri ora erano tutti per il suo meraviglioso compagno.

«Bene. Ti saluta», rispose distrattamente, aprendo la bottiglia di spumante ghiacciata al punto giusto.

«Perché mi rivolgi quello sguardo da sfinge?» domandò lei.

«Ho l'impressione che tu mi stia nascondendo qualcosa», insinuò Sergio, mentre versava le bollicine nei bicchieri.

«Non volevo dirti niente di Maria Sole che è disperata per la sorte di Mariano. Quel poverino ha preso il Covid ed è ricoverato in ospedale in condizioni drammatiche. Tutto questo l'ho saputo da Andreina. Che cosa devo fare?» domandò Gloria preoccupata.

«Telefonale, può darsi che le faccia piacere», disse Sergio.

«Per dirle le solite banalità, che le sono vicino e mi dispiace tanto?» osservò Gloria trattenendo le lacrime.

«Allora mandale un messaggio e dille che ti chiami lei, se adesso non ha voglia di parlare», suggerì Sergio e Gloria seguì il suo consiglio.

Iniziarono a sorseggiare il vino, sgranocchiando mandorle.

Lei gli diede una carezza e gli sorrise: «Adesso pensiamo a noi».

Consumarono la cena scambiandosi poche parole. Contrariamente al solito, Sergio era particolarmente laconico. Gloria sentiva su di sé lo sguardo indagatore del compagno ed era a disagio.

Infine si decise a domandargli: «Che cosa ti preoccupa?»

«Il fatto che tu non mi racconti niente della tua trasferta a Verona. Ti sei limitata a mandarmi l'emoticon di un cuore.»

Lei gli offrì un sorriso e replicò: «Perché il mio cuore è sempre con te. Il lavoro scarseggia, l'epidemia avanza, non sappiamo che cosa ne sarà di noi, della nostra economia, della nostra sopravvivenza, ma una cosa è certa: io ti voglio un bene infinito e sarò sempre al tuo fianco, fino a quando tu lo vorrai».

«Sono parole da scolpire su una pietra», commentò Sergio con una vena d'ironia che lei colse al volo.

«Non scherzo, tesoro mio. E tu lo sai. Comunque ora sparecchio la tavola», concluse, alzandosi.

Lui la aiutò a sistemare piatti, posate e bicchieri nella lavastoviglie.

«Io vado a letto, spero che Maria Sole mi telefoni. Altrimenti la chiamo domattina», disse Gloria e soggiunse: «Tu che cosa fai?»

«Guardo un po' la tivù.»

«Ci vediamo dopo», concluse lei, infilando la scala per salire in camera.

Controllò, per antica abitudine, la posta sul suo tablet. Lesse con disappunto le disdette di due eventi importanti che si sarebbero svolti a Milano subito dopo la metà del mese e una mail di Vieri che scriveva: «Dobbiamo sbrigarci a potenziare gli eventi online».

«Mi sembra l'unica soluzione. Domattina ci mettiamo al lavoro con i grafici, stendiamo un piano di battaglia e facciamo partire le proposte. Lavoreremo a tempo di record, perché non si sa fino a quando dovremo convivere con la pandemia», rispose lei. Poi iniziò a stilare una serie di appunti.

Quando chiuse il computer era quasi mezzanotte e Sergio non si era ancora visto.

Spense la luce e sperò di addormentarsi, nonostante la preoccupazione per Maria Sole e l'assillo del lavoro, oltre allo strano atteggiamento di Sergio che la impensieriva.

E se avesse scoperto che gli ho mentito? si domandò. Lui non indagava mai sulle sue assenze e dunque non poteva aver scoperto niente, perché non c'era niente da scoprire. Bruno era solamente un innamoramento che lei voleva coltivare in segreto, perché la faceva stare bene e appagava il suo bisogno di evasione, ma non intaccava i sentimenti profondi che la legavano al compagno della sua vita.

Allora si domandò come avrebbe reagito se avesse scoperto che Sergio coltivava una relazione segreta con un'altra donna, ma pensò alla sua indole pacata che lo induceva a schivare ogni complicazione. Si sentì rassicurata e si addormentò.

Si svegliò un paio d'ore dopo e si rese conto che Sergio non era ancora venuto a letto. Erano le due del mattino e si preoccupò.

Scese al piano terreno. Le luci erano spente nel soggiorno, nella stanza da pranzo, in cucina. Allora dischiuse la porta dello studio e rimase inchiodata sulla soglia.

Il suo compagno dormiva sdraiato sul divano. Si era coperto con un plaid.

Quella sorpresa la riportò indietro nel tempo, quand'era bambina e aveva scoperto che suo padre dormiva sul divano dello studio.

Tra lui e la mamma qualcosa si era spezzato e l'atmosfera famigliare si era fatta così cupa da indurre lei e suo fratello a fuggire da casa.

Pensò che la storia si stava ripetendo. Per fortuna lei e Sergio non avevano figli. Sergio, come il professore, era un uomo tutto d'un pezzo, aveva una sua dignità e, per questo, lo rispettava.

Andò nel soggiorno, prese alcuni cuscini dalle poltrone e li posò per terra accanto al divano dello studio. Si coprì con uno scialle e si distese vicino al suo compagno. Non voleva stare senza di lui. Avrebbe dormito comunque accanto a lui, perché gli voleva bene, e non avrebbe rinunciato a lui neppure per il bellissimo Bruno che le regalava brividi di piacere.

40

Quel fine settimana fu molto triste per Maria Sole. La prospettiva gioiosa di due giorni d'amore con Alberto era sfumata nella sofferenza per le condizioni drammatiche di Mariano.

Il primario del reparto Covid del Policlinico aveva detto ai suoceri che disperava di riuscire a salvarlo, perché ormai il virus aveva intaccato tutti gli organi vitali.

«Mio figlio morirà soffocato», piangeva disperata sua madre, singhiozzando tra le braccia di Maria Sole che non sapeva come alleviare il suo dolore.

«Non possiamo neppure vederlo, stargli vicino, dargli una carezza», balbettava il suocero, che si sforzava di trattenere la disperazione.

I due erano quasi sempre in casa della nuora e sembrava che traessero conforto solamente dalla presenza del piccolo Michele.

«Questo virus colpisce tanti anziani. Perché non ha

colpito me che, ormai, la mia vita l'ho vissuta?» si interrogò Cristina, piangendo.

«Io spero in un miracolo», sussurrò Maria Sole.

Alberto, che la chiamava spesso, le disse al telefono: «Fai bene a sperare in un miracolo, perché io voglio credere che, un giorno, noi due ci sposeremo e Mariano sarà il nostro testimone di nozze».

Alberto era un uomo straordinario che aveva la capacità di rasserenarla.

«Credi davvero che dovremmo sposarci?» gli domandò.

«Tu sei la donna del mio cuore. Che altro potremmo fare?»

«Grazie per le tue parole che sono un raggio di sole nella tristezza di questo fine settimana», gli disse.

«Capisco che non è il caso, in questo momento drammatico, ma non sai quanto vorrei esserti accanto e cullarti», replicò Alberto.

«La cosa peggiore è che sono una grande egoista perché, a tratti, con i miei suoceri che si aggrappano a me per cercare conforto nella tragedia che li sovrasta, desidero tantissimo la tua presenza, il tuo abbraccio. Il pensiero della sorte di Mariano è un tormento. Mi sento quasi soffocare. E, come se non bastasse, devo anche cercare di confortare il fidanzato di Mariano che mi chiama più volte al giorno e singhiozza come un bambino.»

«Io monto in macchina e vengo da te!» disse lui.

«Non farlo, ti prego. Mi metteresti in imbarazzo con

i miei suoceri disperati. Vorrei avere una bacchetta magica per salvare Mariano. Ma ora, tesoro, devo lasciarti, perché il mio cucciolo è sul punto di protestare», spiegò Maria Sole.

«Ti amo infinitamente, ragazza mia», si congedò Alberto.

Lei nutrì e coccolò il suo bambino, lo mise a letto, gli cantò una ninna-nanna e, quando si addormentò, si distese stremata sul suo letto. Sperò che il sonno la accogliesse nel suo abbraccio.

Ma non fu così.

Il cicalino del citofono suonò due volte in rapida successione. Erano le nove e mezzo di sera. Corse a rispondere con il cuore in gola e si augurò che fosse solamente lo scherzo di qualche ragazzo di passaggio.

«Chi è?» domandò.

«Alberto», replicò la voce che conosceva bene.

«Ti apro. Sali», disse.

Aprì la porta al suo innamorato, che aveva il viso protetto da una mascherina e reggeva una cassetta di legno colma di basilico profumato, arance e limoni, e una borsa termica che conteneva pesce fresco.

«Tu sei matto!» sussurrò Maria Sole, lo sguardo illuminato dal sorriso, mentre si copriva naso e bocca con una mascherina.

«Mi fai entrare?»

Lei si fece da parte e lo precedette verso la cucina. Gli

indicò dove posare la cassetta e poi domandò: «Perché non mi abbracci?»

«Perché ti voglio bene. E per la stessa ragione, ora torno a Paraggi», rispose.

«Almeno siediti, lascia che ti offra qualcosa da bere.»

«Ti ho vista e tanto mi basta. Volevo che avessi un po' di profumi della Liguria e ripeterti, guardandoti negli occhi, che ti amo. Da domani inizia il lockdown e chissà quando ti rivedrò. Questo è un periodo pazzesco.»

«Sembra un film dell'orrore», sussurrò lei.

«Tu sei angosciata per lui, vero?» le domandò Alberto riferendosi a Mariano.

Maria Sole annuì.

«Dispiace anche a me.»

«Lo so. Io tengo le dita incrociate e voglio credere che ne venga fuori.»

«Fai bene. Ma qualunque cosa accada, io ti starò vicino.»

«Ti sembra giusto che non possiamo neppure abbracciarci?» protestò lei.

«Non lo è, se misuriamo queste restrizioni sulla base del nostro desiderio. Aiutami a trovare la forza di andare via. Te lo chiedo per favore», disse lui.

«Hai ragione tu. Ti accompagno alla porta», decise lei, precedendolo nell'ingresso.

Dal balcone lo vide uscire, salire in macchina e dileguarsi verso il fondo della via.

Rientrò nel soggiorno e sentì lo scampanellio alla porta di casa. Tornò ad aprire l'uscio e si trovò di fronte i suoceri. I loro volti sembravano di cera.

Lei trattenne il respiro.

«Il nostro Mariano non c'è più», sussurrò il suocero, con voce spezzata dal dolore.

41

Maria Sole avvertì uno strappo nel petto, come se una mano invisibile fosse penetrata nel suo sterno, avesse afferrato un legamento e glielo avesse spezzato come si spezza la corda di un violino.

Guardò i visi sconvolti dei suoceri che erano immobili sulla soglia e non riuscì a pronunciare neppure una sillaba. Le sembrò che il tempo si fosse cristallizzato dentro una bolla di ghiaccio.

Poi Cristina raccontò: «Ce lo hanno consegnato dentro una bara, avvolto in un sacco bianco. Non abbiamo potuto vederlo neanche da morto».

«Dov'è la bara?» domandò Maria Sole.

«Nella stanza di una casa funeraria. Quando vuoi, ti portiamo da lui», sussurrò la suocera.

Uno strillo di Michele, che si era svegliato, li riportò alla vita.

«Vai dal bambino. Noi saliamo in casa nostra», disse il suocero.

Lei raggiunse suo figlio, lo prese in braccio, lui si zittì e scrutò la mamma che lo guardava con amore.

Maria Sole lo adagiò sul fasciatoio, gli cambiò il pannolino, gli mise in bocca il succhiotto, mentre lui continuava a fissarla, senza emettere alcun suono, come se avesse captato le onde di un dolore sordo che la percorrevano.

Le lacrime vennero più tardi, dopo che Michele ebbe mangiato la pappa e, invece di essere rimesso nel lettino, la sua mamma si era seduta in poltrona e continuava a stringerlo a sé.

Allora lui alzò le sue manine verso il viso della mamma e lo accarezzò.

In quell'istante lei scoppiò in singhiozzi.

Per la seconda volta nella sua vita, Maria Sole sentì un dolore che le straziava l'anima.

«Il tuo papà non c'è più», sussurrò, e subito andò a ritroso nel tempo, a un'altra tragedia del passato, quando suo fratello Filippo, incapace di sopportare il male di vivere, si era ucciso con un colpo di pistola.

«Sai, piccolino mio, io ero una ragazza, a quell'epoca, e la perdita dello zio che tu non hai mai conosciuto era stata un dolore così grande che mi impediva perfino di mangiare. Mi aveva salvato il tuo bellissimo papà che era il mio grande amico di sempre, oltre che il mio fidanzato.

Lui mi imboccava per costringermi a mangiare, perché mi amava moltissimo. Ho ripreso a vivere grazie a lui.»

Michele aveva lasciato cadere il succhiotto e la ascoltava corrugando lo sguardo, come se fosse concentrato a cogliere le sue parole.

Lei si asciugò le lacrime e riprese a sussurrargli: «E ora la morte si è presa il tuo papà. Quasi presentisse la sua fine, lui mi ha lasciata libera di trovare un compagno e ha favorito la mia inclinazione per Alberto. Hai avuto un grande padre, cucciolo mio, e io non smetterò di parlarti di lui anche quando sarai cresciuto».

Il suo cellulare vibrava ormai da molti minuti, ma lei era troppo addolorata per rispondere e non voleva sapere chi la stesse cercando.

Intanto Michele si era addormentato tranquillo nel suo lettino.

Maria Sole era andata in cucina a scaldare una ciotola di latte con il cacao. Prese a sorseggiarlo. Avrebbe voluto accompagnarlo con un biscotto, ma sentiva lo stomaco chiuso.

Poi andò in bagno, si lavò e si preparò per la notte, ripercorrendo con la mente le parole della suocera che raccontava la tragedia spaventosa di Mariano, come di altre migliaia di vittime del virus cinese: «Ce lo hanno consegnato dentro una bara, avvolto in un sacco bianco. Non abbiamo potuto vederlo neanche da morto».

Sentì il bisogno di tenersi accanto il suo bambino. Lo

prelevò da dove dormiva e lo depose nel lettone, si sdraiò accanto a lui e aprì il display del cellulare.

L'avevano cercata la suocera e Pablo.

Chiamò subito Cristina e si scusò per non averle risposto.

«Ti capisco. Neppure noi abbiamo voglia di parlare, però ho dovuto dirlo ai tuoi. Ludovica voleva correre da te. L'ho dissuasa», disse la suocera con voce stanca.

«Ti ringrazio. Non ti chiedo come state tu e Luigi, invece ti dico che domattina vorrei venire con voi a salutare Mariano», mormorò.

«Con il piccolo, come ti sistemi?»

«Starà tranquillo con la mia domestica. Michele, come il suo papà, è molto bravo.»

A quel punto riprese a piangere.

«Fatti trovare pronta alle otto», disse Cristina trattenendo un singhiozzo. Chiusero la comunicazione.

Maria Sole pensò alla disperata solitudine dei suoceri che avevano un unico figlio e l'avevano perduto. Doveva stargli vicina e consentirgli di prendersi cura del nipotino, perché da lui avrebbero tratto conforto.

Poi pensò a Pablo e richiamò la suocera.

«Dobbiamo informare il compagno di Mariano. Mi ha già cercata due volte e non gli ho ancora risposto. Penso che abbia il diritto di sapere», le disse.

«Hai ragione. I due si amavano. Lo chiamo subito. Grazie per avermelo ricordato.»

Il mattino dopo erano nella camera ardente della casa

funeraria non lontana dal Policlinico. Il sole di marzo riempiva di luce la stanza dove Mariano riposava dentro una bara di palissandro, la sola nota di colore nel biancore della stanza.

Maria Sole posò le braccia sul feretro e accarezzò il legno come se volesse abbracciare e accarezzare il suo più grande amico, che le era sempre stato accanto, sui banchi di scuola, nelle festicciole giovanili, nei momenti più difficili della sua vita, in quelli più spensierati e nella routine quotidiana.

Poi sedette con i suoceri sul divano di pelle bianca, accanto alla bara. Sulle altre poltrone, in fondo alla stanza, c'erano i suoi genitori. Pablo era in piedi, davanti alla finestra, le spalle scosse da singhiozzi silenziosi.

Allora Cristina si alzò, lo prese per mano, lo condusse fino alla bara e gli sussurrò: «Saluta il tuo compagno e piangi finché vuoi». Fece segno agli altri di uscire e lo lasciarono solo con il suo fidanzato.

Quando furono nel corridoio, i suoceri dissero: «Alle dieci arriverà un sacerdote per la benedizione. Verranno anche alcuni dei suoi amici e colleghi di lavoro. Poi la bara verrà portata via per la cremazione. Noi ci fermeremo fino ad allora. Voi, se volete, potete andare».

Tutto si era svolto in un silenzio così composto che, quando Maria Sole tornò a casa e poté prendere tra le braccia il figlio, pensò d'aver vissuto un sogno straziante dal quale solo in quel momento si stava risvegliando.

42

I GIORNI ripresero a scorrere, e il virus assassino continuava a mietere vite.

Per limitare i contagi, il governo aveva deciso la sospensione di ogni attività produttiva e costretto i cittadini all'isolamento domestico.

I mezzi pubblici di trasporto avevano diradato la frequenza, i treni erano fermi nelle stazioni, gli aerei non solcavano il cielo e gli unici suoni che si percepivano erano le sirene delle ambulanze che trasportavano i malati negli ospedali. In compenso, da tante finestre e balconi sventolavano lenzuola con la scritta: CE LA FAREMO.

A quel punto in città era partito il tam-tam di un'iniziativa che, nelle intenzioni, sembrava gioiosa: al tramonto, la gente si affacciava alle finestre di casa e intonava canti che dilagavano nel silenzio della sera.

Maria Sole ebbe un moto di indignazione e prese a digitare su Instagram un messaggio virale: «Se questi deficienti fossero stati colpiti nei loro affetti dalla perdita di una persona cara, non avrebbero nessuna voglia di intonare cori. Facciamoli smettere».

Carlotta fu la prima a reagire. Rispose: «Condivido. Questo è il momento di provare vergogna per il nostro cinismo, la nostra avidità, il nostro incessante bisogno di fare business traendo profitto dalle risorse del pianeta a scapito dell'equilibrio della natura. Abbiamo distrutto un sistema ecologico perfetto. Questo virus è la risposta ai disastri ambientali perpetrati dalle nostre menti assassine. Altro che cantare! Dovremmo fare silenzio e riflettere».

Reazioni analoghe apparvero su tutti i siti di facile accesso. I coristi idioti si zittirono.

Le quattro amiche ripresero la consuetudine di confrontarsi tra loro.

Il tempo delle cene del giovedì, nella saletta Ottocento del loro ristorante, era finito, anche perché la signora Pia Mantovani aveva chiuso il locale, come avevano fatto gli altri ristoranti, i bar e i luoghi pubblici del Paese.

Allora, Andreina, Gloria, Carlotta e Maria Sole iniziarono a collegarsi dai loro computer, riservando a Maria Sole un trattamento di riguardo.

Non sapendo come confortarla, la intrattenevano con i racconti della loro quotidianità.

«Lo sapete che nel mio giardino sono tornate le api?» disse Gloria. E spiegò: «Erano sparite da un decennio e ora che le fabbriche hanno smesso di produrre fumi velenosi, sono tornate a succhiare avidamente nettare dai fiori».

«Devo dire che, dal quarto piano di casa mia, respiro da giorni un'aria fine, profumata... sembra quasi di essere in montagna», rivelò Andreina.

«Fai una bella scorta dell'aria di Milano, perché fa bene al nascituro», osservò Maria Sole.

«A proposito, ti sei fatta controllare dalla dottoressa Arrigoni?» s'informò Carlotta.

«Mi ha visitata l'altro giorno. Procede tutto a meraviglia e il parto è previsto per la fine di maggio. Ma ha anche detto che, a questo punto, la mia creatura è perfetta e, nel caso dovesse nascere prima, non sarebbe un dramma», spiegò lei.

«Meglio se nasce a termine, credimi. Così riesci a dormire tranquilla per altri due mesi, perché dopo il mostriciattolo non ti concederà tregua né di giorno né di notte», garantì Maria Sole.

«Ma io sono stata così avveduta da assicurarmi l'aiuto della vecchia Adele.»

«Sei sempre decisa a tacere con il tuo americano?» chiese Gloria.

A quel punto, Andreina disse: «Grazie alla pandemia, è stato costretto a rinunciare al tour europeo, sollevandomi dal problema. Non sa niente ed è meglio così, anche se ora le ragioni che mi avevano spinto a tacere non ci sono più».

«Spiegati, perché non capisco. Anzi, aspetta a spiegare,

perché sono a casa da sola con Michele che si è messo a strillare. Vado a recuperarlo nella sua stanza e torno subito», la interruppe Maria Sole.

Si alzò dal tavolo rivelando sui monitor delle amiche, che la inquadravano mentre si allontanava, di indossare soltanto un paio di ridottissimi slip sotto una bellissima maglietta. Le altre risero divertite e la sentirono inveire: «Siete delle zabette vergognose!»

Tornò a sedersi al suo posto con in braccio il bambino che si era quietato e disse: «Saluta quelle pettegole delle tue zie».

Poi proseguì: «Adesso alzatevi anche voi, perché voglio ridere anch'io».

«Nemmeno per sogno», risposero in coro.

Il bambino guardava come ipnotizzato i volti delle tre amiche della sua mamma e prese a sgambettare, mentre sorrideva ed emetteva piccole grida di gioia.

Allora Andreina iniziò a dire: «Mister Bill Foster ha messo fuori di casa la moglie e ha avviato le pratiche per il divorzio».

«Questa storia è più avvincente di una telenovela. Di grazia, possiamo sapere perché?» domandò Carlotta.

«Perché la sua dolce Diana lo tradiva sistematicamente da anni, e lui non ne aveva mai avuto alcun sentore», spiegò l'amica.

«Gli uomini sono degli sprovveduti, non si accorgono mai di niente», commentò Maria Sole.

«Dissento», affermò Gloria e si decise a raccontare la

conclusione del suo fine settimana con Bruno Arconati, chiosando: «Sergio non sa niente, ma le sue antenne hanno captato segnali di tradimento. Ovviamente ha reagito a modo suo: ha passato la notte sul divano, nel suo studio. L'ho colto nel pieno del sonno alle due del mattino e l'ho spiazzato mettendomi a dormire per terra accanto a lui. Se ne è accorto quando si è svegliato e, anche se non mi ha detto niente, ho capito che era commosso. La sera dopo ha dormito con me e abbiamo anche fatto l'amore come non lo facevamo da tempo».

«Non ti senti un verme?» domandò Andreina.

«Solo poco poco. Però ho capito che è sempre lui l'uomo della mia vita.»

«Adesso come ti regolerai con il bel chirurgo?» s'incuriosì Carlotta.

«Questa pandemia che ci costringe agli arresti domiciliari ha i suoi vantaggi. Non potrò rivederlo chissà per quanto tempo e poi... poi si vedrà», minimizzò Gloria.

«Dire che sei una donna senza pudore è farti un complimento», sibilò Andreina.

«E me lo merito. Però voi tre non potete farmi il processo. Non puoi nemmeno tu, Andreina, che hai infilato un fidanzato dopo l'altro, prima di approdare a Bill», le rinfacciò Gloria.

«Quando verrà in Italia, sarà bene che tu gli racconti tutto del figlio che sta per arrivare», intervenne Maria Sole.

«Metti che lui voglia sposarmi... Non posso proprio dirglielo», replicò.

«Ma non desideravi altro, se lui non avesse avuto una moglie», le ricordò Gloria.

«Adesso è diverso. Che senso avrebbe legarmi a un uomo che sta in America, e non lascerà mai quel grande Paese di selvaggi che hanno scelto Trump come presidente? Meglio i nostri politici, incapaci e spesso malandrini, a un fascista come quello. Non gli rivelerò niente», disse con determinazione.

«Da avvocato, ti dico che sbagli. A questo punto, lui ha dei doveri anche verso tuo figlio. A suo tempo, dovremo parlare seriamente tu e io.»

«Parlaci di te e di Gianni, piuttosto», la incalzò lei, che non voleva analizzare fino in fondo i suoi sentimenti per Bill.

Il piccolo Michele iniziò a dare segni di impazienza.

«Siamo collegate da più di un'ora. Vi racconterò il prossimo giovedì», tagliò corto l'avvocatessa.

Quando chiusero la connessione, Maria Sole sorrise gioiosa al suo bambino rendendosi conto che, con il trascorrere dei giorni, ritrovava il piacere di vivere.

43

Arrivò la fine di maggio. Il lockdown era terminato e il virus, che si era lasciato alle spalle migliaia di morti, si andava esaurendo.

In città, i negozi avevano riaperto i battenti, le piccole e le grandi industrie avevano ripreso a lavorare e sembrava che il peggio fosse passato.

Andreina, benché prossima al parto, era ritornata al suo posto in ufficio.

Il direttore del personale si era presentato nella sua stanza e aveva esordito dicendo: «Che non ti venga l'idea di partorire qui dentro».

«Se questo è il tuo modo di salutarmi e chiedermi come sto, ti faccio mettere alla porta da quel carabiniere di Rosaria», aveva ribattuto lei, alludendo alla sua segretaria.

L'uomo, che la conosceva da quando l'aveva assunta e la stimava, sedette di fronte a lei, sorrise e le parlò con la tenerezza di un padre.

«Tu lo sai che non dovresti essere qui.»

«Ho una mole di pratiche da chiudere e non sarai tu a farlo per me. Questo pancione mi pesa, ma peserebbe ancora di più se rimanessi a casa senza fare niente. La scorsa settimana sono stata in ospedale per gli ultimi controlli. Io sto bene, il bambino sta bene e quasi sicuramente partorirò tra cinque giorni. Tra oggi e domani voglio smaltire il lavoro arretrato. Poi mi fermo. Promesso», garantì lei.

«Offrimi un caffè. Non so come, ma il tuo è migliore di quello che mi prepara la mia segretaria.»

«Caro, il mio è migliore perché uso le capsule griffate George Clooney. Tu, che hai il braccino corto, insisti ad acquistare capsule scadenti», gli rinfacciò.

L'uomo sorrise, mentre Rosaria posava sulla scrivania un piccolo vassoio con la tazzina di caffè fumante e la zuccheriera.

In quel momento, Andreina ebbe un sussulto e trattenne una smorfia di dolore, perché aveva sentito una specie di stilettata ai reni.

«Stai bene?» domandò lui, preoccupato.

«Tutto passato», assicurò lei.

Lui vuotò la tazzina in un fiato, scattò in piedi e disse: «Mia moglie ha sfornato quattro figli e so come vanno queste cose. Ti sono cominciate le doglie, mia cara, e io ti porto subito in ospedale».

Rosaria le disse: «Avverti la tua Adele di preparare una

borsa con le tue cose. Io vado a prenderla e te la porto in ospedale».

«Tu, per favore, informa la dottoressa Arrigoni che sto per arrivare in clinica», si raccomandò Andreina, mentre il capo del personale la aiutava a infilarsi il soprabito.

Rosaria raggiunse i due quando stavano per entrare in ascensore e tese all'uomo una grossa busta.

«Che cos'è?» domandò lui.

«C'è dentro un foglio di plastica. Lo metta sul sedile dell'auto, nel caso perdesse le acque durante il tragitto.»

«Lo vedi com'è efficiente la mia Rosaria?» sorrise Andreina salutandola con un cenno della mano.

Partorì due ore dopo.

La dottoressa Arrigoni le chiese: «Adesso vuoi sapere se hai un maschietto o una femminuccia?»

Lei annuì.

«È una bellissima bambina ed è sana come un pesciolino», annunciò.

«Voglio vederla», disse lei.

«Aspetta che finiscano di lavarla», rispose la ginecologa.

La piccola strillava con tutta la forza che aveva nel petto.

Un'infermiera le tese un fagottino che lei accolse tra le braccia e per la prima volta vide sua figlia.

Dal lenzuolo emergeva un visetto grinzoso e arrossato, la testolina coperta da una selva di capelli lunghi e neri come l'ebano.

Madre e figlia si guardarono in viso e si riconobbero.

«Ciao, Viviana», sussurrò Andreina. E fu subito amore.

Carlotta, che era stata avvisata da Rosaria, aveva raggiunto l'ospedale e aspettò in portineria fino a quando venne a sapere che Andreina aveva avuto una bambina e che tutto era andato bene. Solo allora uscì in strada e telefonò a Gloria e Maria Sole, che la raggiunsero subito. Si abbracciarono commosse e andarono in un bar a brindare alla loro amica e alla sua bambina.

Nel pomeriggio venne il neonatologo a visitare la bambina che, irritata per essere stata disturbata, cominciò a piangere.

La sua mamma avrebbe voluto continuare a dormire, invece doveva attaccarla al seno e sopportare i morsi ai capezzoli di quell'esserino avido di cibo e di vita.

La direzione della Tulip le fece recapitare una quantità di corredini rosa e una catenina d'oro con un ciondolo del segno zodiacale di Viviana.

«Quando sei nata tu, la tua mamma non ha ricevuto tanti doni», osservò Adele, che le telefonava ogni giorno.

«A me sembra che la piccola assomigli tanto alla mia mamma», disse Andreina.

«Può darsi, ma i neonati, crescendo, cambiano fisionomia. Il tuo compito sarà quello di darle tanto amore. Sono certa che da lassù la tua mamma vi guarda e vi protegge.»

Le telefonò anche Marco Montagner, lo chef stellato

che per alcuni anni era stato il suo fidanzato e, in seguito, si era sposato con una musicista famosa, dopo che Andreina aveva respinto la sua proposta di matrimonio. Erano rimasti amici fraterni e continuavano a frequentarsi.

«Se disturbo, chiudo immediatamente», disse lui.

«Non fare lo scemo. Sei sempre il benvenuto», replicò lei.

«Gloria mi ha chiamato a mezzogiorno per darmi la notizia ed ero curioso di sapere di te e della tua bambina», spiegò lui.

Nel frattempo la piccola si staccò dal seno della madre. Era ormai sazia e dormiva.

«Come stai, amica mia?» le domandò Marco.

«Sto bene, caro, e non ho avuto un travaglio devastante. Credo che potrò tornare a casa nel giro di pochi giorni», gli disse sorridendo.

Lui si schiarì la voce e domandò: «Sono troppo indiscreto se ti chiedo notizie del padre?»

«Il padre è una brava persona che, per fortuna, vive negli Stati Uniti e non sapeva che fossi incinta. Dubito di volergli dire che ha una figlia», confessò.

«Perché scappi sempre dagli uomini che ti amano? Non mi aspetto una risposta, naturalmente. Però tu sei stata la madrina di battesimo di mio figlio e ora vorrei essere il padrino per la tua Viviana. Adesso chiudo, prima che tu mi dica di no. Ho riaperto il ristorante e, quando sarai a casa, riceverai pranzo e cena dal sottoscritto.»

44

Dopo il lungo lockdown della primavera, la pandemia sembrava ormai sconfitta. La città riprese i ritmi di sempre, anche se molte piccole attività, danneggiate dalla lunga sospensione, avevano chiuso i battenti per sempre, con la conseguente disoccupazione di tantissimi lavoratori che non sapevano come campare.

Sergio aveva riaperto la sua azienda, Gloria era tornata in agenzia ed entrambi, nei limiti delle loro possibilità, avevano aiutato come potevano i collaboratori che aspettavano inutilmente gli aiuti del governo.

Dagli schermi televisivi molti esperti cantavano vittoria, contraddicendo i colleghi catastrofisti che si affannavano a raccomandare la prudenza, perché il virus non era stato assolutamente debellato.

Una sera, rientrando dal lavoro, Sergio la sorprese a discutere animatamente al telefono con Ernesto.

«Non è giusto che sia sempre io a farmi carico delle

necessità di papà. Lui è anche tuo padre e, per una volta che ti chiedo di sostituirmi, tu svicoli. Lui non deve rimandare la visita di controllo, ma si dà il caso che domattina io abbia un appuntamento di lavoro davvero importante. Quindi sarai tu a portarlo al Monzino», concluse la telefonata e si affrettò a prelevare dal forno una teglia di melanzane alla parmigiana.

Poi si accorse che Sergio la osservava dalla soglia ed ebbe un sussulto.

«Ti ho spaventata?» le domandò.

«Non ti avevo sentito arrivare», rispose lei.

«Perché scarichi su Ernesto un compito che ti sei sempre accollata?»

«Domattina ho una riunione con i proprietari della Jenkin's. Dalla fine del lockdown è la prima proposta importante che ci è arrivata. Lo sai che tra gli effetti collaterali dell'uso obbligatorio delle mascherine c'è quello d'aver fatto crollare le vendite dei rossetti e dei fondotinta? Le donne truccano solamente gli occhi. La Jenkin's sta mettendo sul mercato prodotti che non sporcano le mascherine. Se mi aggiudico questa promozione, riesco a coprire il fatturato dei primi sei mesi di quest'anno. Non posso rimandare l'appuntamento per accompagnare il professore in ospedale. Per una volta, una sola volta, sbaglio a pretendere che sia mio fratello a farsi carico di lui?» disse con tono stizzito, mentre andava verso la sala da pranzo con la teglia della parmigiana.

Sergio la seguì e, quando furono a tavola, insinuò: «Dal

tuo tono, sembrava che avessi paura di tornare al Monzino».

«Da dove ti viene questa idea assurda?» domandò Gloria sforzandosi di conservare la calma, mentre una vocina interiore le diceva che Sergio nutriva dei sospetti su Bruno Arconati.

«Dal fatto che sono affamato e questo piatto ha un'aria molto invitante», replicò il suo compagno.

«Mi aspettavo che volessi dividere con me un po' di entusiasmo per questa bellissima proposta di lavoro», si rammaricò lei.

«Ma certo, tesoro mio. Sono davvero contento per te e lusingato per avere al mio fianco una donna che, senza mai darsi un tono, riesce a navigare anche nel mare burrascoso della nostra economia. Gloria, sei veramente brava e io ho la fortuna di godere ormai da tanti anni della tua vicinanza.»

«Adesso definisci vicinanza il mio amore incondizionato per te?» lo sfidò.

«Gloria, mi dici che cosa ti rode?»

«Ti giro la domanda. Sergio, mi dici che cosa rode te?»

«Stiamo litigando?» le domandò.

«Così sembra, ma non capisco perché», insistette lei. E proseguì: «Durante il lockdown migliaia di coppie hanno scoperto di non sopportarsi più e ora i tribunali sono pieni di richieste di divorzio. Tu e io siamo sempre andati d'amore e d'accordo, tuttavia sento che adesso qualcosa non va».

Sergio versò due dita di amarone Bottega nel calice di cristallo, rigirò più volte il bicchiere per sprigionare l'aroma del vino, lo annusò con aria assorta, ne bevve un sorso e, infine, disse: «Una domenica mattina, immediatamente prima del lockdown, quando io ti sapevo a Verona, ti ho vista al parco Sempione. Camminavi lungo il viale principale ed eri in compagnia di Bruno Arconati, il chirurgo del Monzino. Io ero con mio padre. Lui non ti aveva notato, e abbiamo subito cambiato percorso».

La reazione di Gloria fu immediata. Si alzò in piedi e sibilò: «E tu hai aspettato due mesi e mezzo per dirmelo!»

Aveva lo sguardo inferocito mentre cercava affannosamente una storia plausibile da esibire come spiegazione, perché non gli avrebbe detto la verità nemmeno sotto tortura.

Sergio la guardò smarrito, con aria colpevole, e sussurrò: «Non sapevo come dirtelo».

«Se, invece di scappare, ti fossi avvicinato a noi, avresti visto che c'era anche Vieri. Eravamo tornati insieme a Milano, per incontrare il chirurgo che ci aveva contattati in vista di un nuovo convegno sulla cardiologia del feto in fase prenatale», improvvisò mettendo in campo un argomento che non sapeva se avesse davvero attinenza con la realtà. E proseguì: «Poiché sembra che lui abiti in zona, ci aveva dato un appuntamento al parco. Dopo ci siamo salutati e io ho accompagnato Vieri in agenzia e sono tornata a casa».

«Ti costava tanto dirmelo quando sei rientrata?» le domandò lui.

«Mi conosci e sai che non porto mai a casa i problemi di lavoro», replicò prontamente.

Sergio aveva l'espressione di un cane bastonato e lei si sentì un'infame. Ma gli mentiva a fin di bene, perché lo amava, perché lui era l'uomo della sua vita, perché non voleva perderlo. Gli andò vicino, si chinò su di lui e lo abbracciò.

Infine sorrise e gli disse: «Lo sai che mi sento lusingata dalla tua gelosia?»

«Un uomo geloso è un uomo insicuro. Io non sono geloso, ma ho bisogno di chiarezza. Ora ci siamo chiariti e tanto mi basta», concluse Sergio sorridendo.

Lei respirò sollevata, e si disse che, in futuro, avrebbe dovuto essere ancora più discreta, nel caso avesse rivisto Bruno, perché non era così sicura di volerlo lasciare.

Nel frattempo doveva chiarire un altro dubbio che la tormentava da oltre un mese.

Aveva scaricato sul fratello il compito di accompagnare il padre in ospedale non perché avesse una riunione di lavoro. Quella era stata fissata per il pomeriggio. Lei, invece, aveva un appuntamento alla clinica Mangiagalli per una visita ginecologica.

Il professor Luciano Mariani era un sessantenne dall'approccio paterno.

Gloria era andata da lui vent'anni prima quando si era

legata a Sergio e fra di loro si era stabilito, fin dall'inizio, un rapporto empatico.

L'accolse con la solita aria gioviale e la fece accomodare alla scrivania.

Aspettò che si rilassasse, chiacchierando amabilmente. Infine disse: «Adesso raccontami perché avevi tanta fretta di vedermi».

«Ho saltato un ciclo e lei sa che sono sempre puntuale come un orologio. Ora la cosa mi preoccupa», disse.

«Tu come ti senti?»

«Strana. Mi sento strana, professore», sussurrò lei.

Lui aveva aperto sul monitor la sua scheda e la lesse in silenzio.

«Sei sempre stata una ragazza sana. Prima di visitarti, ti affido alla mia infermiera.»

«Perché?» si allarmò Gloria.

«Tranquillizzati. Devi fare solamente un po' di pipì.»

L'infermiera entrò nello studio e la invitò a seguirla. Le indicò il bagno e le consegnò un contenitore di plastica. Quando Gloria glielo restituì, la fece accomodare nella sala d'attesa. «È questione di pochi minuti», le disse.

Infatti era trascorso soltanto un quarto d'ora quando Gloria si ritrovò seduta di fronte al ginecologo.

L'uomo le sorrise e disse: «Bambina mia, tu sei incinta. Spero che per te sia una buona notizia».

45

ANDREINA aveva affidato le chiavi della sua auto a Rosaria che, quella mattina, era andata in ospedale per riportare a casa lei, la piccola Viviana e Adele che si era fatta trovare davanti alla clinica.

Sul portone del palazzo, il portiere filippino aveva appeso un grande fiocco rosa con la scritta: BENVENUTA VIVIANA.

Nell'appartamento c'erano festoni colorati, una quantità di doni ancora tutti da aprire e un passeggino che fungeva anche da culla.

«È davvero troppo», disse lei, commossa. Sedette in poltrona e ammise: «Sono un po' stanca adesso... e tutti questi biglietti a cui rispondere per ringraziare... sembra sia nato Gesù Bambino».

«Anche lui, come Viviana, aveva solamente un padre putativo, in realtà era un po' il figlio di tutti quelli che andavano a trovarlo in adorazione e gli portavano doni», scherzò Rosaria.

«Non diciamo bestemmie. La piccola, un padre ce l'ha, se solo questa madre caparbia glielo facesse sapere», intervenne Adele, ricevendo in cambio un'occhiataccia di Andreina.

«Ai ringraziamenti penserai dopo, io torno di corsa in ufficio», disse Rosaria.

«Mi prendo un'altra settimana per organizzarmi e poi torno in ufficio anch'io», promise Andreina.

In quel momento, la piccola corrugò la fronte e prese a protestare miagolando come un gattino.

La sua mamma si intenerì, scoprì il seno e Viviana si attaccò al capezzolo cominciando a succhiare avidamente.

Andreina fu invasa da una tenerezza che non sapeva di possedere e iniziò a piangere.

Adele le si avvicinò, le accarezzò i capelli e le sussurrò: «Perché piangi figlia bella? Ti sta venendo una depressione da parto?»

«Piango perché mia figlia mi sta rivelando un mondo di emozioni che non conoscevo e ringrazio la sorte che mi concede di essere la sua mamma. Vedi? Lei si nutre del mio latte e questo mi fa sentire forte e generosa. Prima che nascesse non sapevo che l'avrei amata tanto. Come farò a lasciarla quando tornerò a lavorare?» domandò più a se stessa che a Adele.

«Non puoi amare tua figlia se prima non ami te stessa. Lavorare ti fa felice e dunque, come avevi programmato, tornerai presto in ufficio. Viviana avrà tutte le mie cure. Non è per questo che ho lasciato il paese per venire qui?» le ricordò.

«Hai ragione, ma sono un po' gelosa.»

«Allora rinuncia al lavoro per tutti i mesi che ti sono concessi e stai a casa con lei.»

«Lo farei, se non avessi il privilegio di poter contare su di te. Ma sto pensando che ritarderò solo di qualche altra settimana il mio rientro alla Tulip, tanto più che posso lavorare a distanza», decise.

Più tardi misero nella culla la bella addormentata e pranzarono con le prelibatezze che lo chef le faceva recapitare ogni giorno.

«Da domani, però, mi rimetto io ai fornelli, perché questo cibo è troppo raffinato per i nostri gusti semplici», decise Adele.

«E prepari un gran piatto di orecchiette con il sugo di pomodoro e basilico», disse Andreina.

«Mi fa piacere che la gente con cui lavori ti voglia bene, ma mi piacerebbe ancora di più se ti decidessi a parlare con l'uomo che ti ama e che adesso potrebbe sposarti», non si trattenne dal dire l'anziana amica.

«Adele, per favore, lasciami in pace. Ho la mia bambina a cui pensare e mi basta, senza incorrere in altre complicazioni», si spazientì lei.

«Scusami, io sono vecchia e ignorante, ma non sono scema. Tu eri innamorata dell'americano, perché sapevi di non poterlo avere. Adesso che potresti averlo tutto per te, non lo vuoi più. Non puoi pensare solamente a te stessa, devi pensare anche alla bambina.»

«Se lo sposassi, dovrei seguirlo negli Stati Uniti e so che laggiù sarei molto infelice, perché le mie radici e i miei affetti sono qui.»

«Per amor tuo e della tua povera mamma, io ho tagliato i ponti con la nostra terra.»

«Adesso me lo rinfacci?» le domandò irritata.

Adele non reagì perché capì che Andreina stava cercando di fare luce sui suoi sentimenti.

La neomamma andò nel soggiorno, guardò sua figlia che dormiva serena, spinse la culla in camera da letto. Si sdraiò accanto a lei e si addormentò.

Si svegliò quando la bambina iniziò a protestare con i suoi miagolii che la colmavano di tenerezza.

Allora la portò nella sua cameretta, la lavò, le cambiò il pannolino e se l'attaccò al seno.

«Non esiste al mondo una bimba più dolce e più serena di te, mia piccola Vivì», le sussurrò e non esternò il pensiero successivo, e cioè che non aveva nessun desiderio di avere accanto l'uomo che per tanti mesi aveva amato follemente.

Doveva rispettare le convenzioni sociali, oppure doveva seguire l'istinto? Poi ricordò quanto aveva sofferto per la mancanza di una figura paterna e voleva risparmiare alla sua bambina questa sofferenza.

Adele entrò silenziosa nella stanza.

«Scusami», le disse Andreina per chiudere la discussione lasciata in sospeso.

«Non hai niente da farti perdonare. Io ti capisco, figlia bella», le rispose.

«Che cosa devo fare?» le domandò Andreina.

«Smetterla di tormentarti. La risposta giusta ti arriverà al momento giusto. Per adesso devi solamente rimetterti in forma e concentrarti sulla tua piccola Viviana», replicò la donna.

La sera seguente Andreina ricevette una mail di Bill che scriveva:

Mia amata Andreina, ho riacquistato, senza gioia, il *free marital status*. Vivo con dolore, per me e soprattutto per le mie figlie, questa nuova condizione che rappresenta il disastro di un matrimonio che si fondava sul tradimento incessante di mia moglie e ora penso che, inconsciamente, avevo sempre saputo delle infedeltà di Diana perché era troppo perfetta, dolce, remissiva. Mai uno screzio o un'incomprensione. Le andava bene qualunque cosa dicessi o facessi. Mi capitava di guardarla e pensare: Mio Dio, questa donna non è terrestre, è un angelo! Tu sai quanto mi sentissi in colpa per essermi innamorato di te. Avrei voluto incontrarti adesso, invece che nove mesi fa, imponendo a te e a me il dolore del distacco. Ora vorrei essere felice di amarti, ma non è così. Aspetto che la ferita si richiuda e mi dedico interamente al lavoro e alle mie

figlie che, poverine, non capiscono perché papà e mamma si sono separati.
Vivono con me e i miei genitori che, per fortuna sono ancora abbastanza giovani e in buona salute.
Assecondando le regole squallide stabilite dalla legge per le coppie divorziate con figli, trascorrono con la mamma due weekend al mese. In azienda hanno capito perfettamente la mia situazione e, almeno per ora, complice la pandemia che disincentiva gli spostamenti all'estero, non verrò in Europa. Invece sto programmando con le bambine una vacanza nel sud dell'Inghilterra per la prossima estate. La prima tappa sarà Margate, nell'hotel sul mare dove, nove mesi fa, ci siamo incontrati. Non a caso ho scelto questa meta che non vuole essere un tuffo nella nostalgia, ma un modo per riprendere le fila del nostro rapporto nato nel pub della spiaggia, dove avevi brindato con me al nonno che avevo riconsegnato al suo mare.
Egoista come sono, spero che il tuo cuore batta ancora per me.
Con amore,
Bill

D'impulso Andreina scrisse: «Il mio cuore, adesso, batte per nostra figlia». Ma subito dopo cancellò il messaggio e rispose: «Ne riparleremo più avanti. Ti sono vicina».

46

Carlotta rincasò a tarda sera. Stremata dalla quantità di lavoro svolto nel corso della giornata.

Da quando era diventata direttore dello studio legale, le rimaneva poco tempo per se stessa, per la famiglia e per il suo fantastico compagno. Il quale, tuttavia, non era meno oberato di lavoro, perché la fama di mago del bisturi faceva confluire nel suo studio un numero sempre maggiore di pazienti.

Così si vedevano raramente ma si erano dati la regola che «La domenica non si tocca».

Invece, quel martedì sera, entrando nel suo appartamento in piazzetta Duse, si stupì piacevolmente di trovare Gianni in cucina, alle prese con uno sformato di prosciutto cotto, appena uscito dal forno, dall'aspetto e dal profumo invitanti.

Era in maniche di camicia e si era avvolto un canovaccio da cucina intorno ai fianchi. Lo guardò con l'aria da intenditrice e sussurrò: «Lascia che te lo dica: sei un macho pazzesco. Richard Gere non ti fa neanche il solletico».

Lui sorrise compiaciuto, mise la teglia con lo sformato su un piano d'appoggio, si tolse i guanti da forno, le andò vicino, la abbracciò e la baciò appassionatamente. Poi replicò con fare scherzoso: «Effettivamente piaccio a molte donnine, ma la prediletta sei tu, amore mio».

«Fammi i nomi di queste donnine, perché intendo accoltellarle a una a una», replicò lei, che si era tolta la giacca e si stava lavando le mani nel lavello della cucina.

«Lo sai che non dovresti baciarmi, vero?» osservò Carlotta, mentre si sedeva a tavola.

«Ho fatto il tampone serio ieri e quello rapido prima di venire da te. È tutto a posto», garantì il chirurgo.

«Ma io?» lo interrogò.

«Tu hai più anticorpi di me. Lo sai che ti monitoro ogni settimana. Sono un medico, Carlotta, non sono incosciente», la rassicurò.

«Sono così felice di averti qui», confessò lei con un largo sorriso.

«Ho annullato gli ultimi appuntamenti del pomeriggio per stare con te questa sera», disse lui.

«Gianni, non sei più un ragazzino, non si fanno queste cose», scherzò con il tono da maestrina, mentre versava nei calici dell'Uvalino della Cascina Castlet.

«Ho portato con me alcune carte che vorrei farti leggere, perché mi serve la tua consulenza. Ma ne parliamo dopo», tagliò corto Gianni, infilzando con la forchetta un pezzo di sformato.

Lei lo fermò, gli allungò il calice del vino e disse: «Prima gustiamo in religioso silenzio questa ambrosia piemontese».

Cenarono disquisendo pacatamente del loro lavoro.

Poi Carlotta preparò due tisane di camomilla e biancospino, e si trasferirono nel soggiorno a sorseggiarle.

«Allora, dove sono queste carte che volevi farmi leggere?» gli domandò.

Lui si alzò dal divano, andò nell'ingresso e prelevò una busta dalla tasca della giacca, mentre spiegava: «È da prima del lockdown che rimugino sulla richiesta di pace da parte di Luisa, perché sappiamo che quell'atteggiamento non le appartiene. Stamani ho avuto una specie di folgorazione e, durante la pausa pranzo, sono andato in banca. Ho aperto la mia cassetta di sicurezza e ho ripescato questo plico di documenti. I primi risalgono a diciotto anni fa, gli ultimi sono dell'anno passato».

Tornò nel soggiorno e sedette accanto a lei. Quindi proseguì, tendendole il plico: «L'ho fatto perché, all'improvviso mi sono ricordato che, nel corso del tempo, Luisa mi aveva chiesto di apporre delle firme in calce a un mucchio di scartoffie. Mi sono anche ricordato che la richiesta mi veniva rivolta la mattina presto, mentre ero sul punto di uscire per correre in clinica».

«Fammi capire: tu hai firmato dei documenti senza leggere il contenuto?» gli domandò Carlotta.

«Non ne avevo il tempo e mi ero limitato a chiederle che roba fosse. 'I soliti permessi di agibilità delle sale operatorie. Se ti fermi un istante, ti spiego', diceva lei e tanto mi bastava. Poi, l'anno scorso, siamo andati in banca insieme, perché lei doveva mettere questa busta nella sua cassetta, mentre io volevo prendere, dalla mia, qualcosa che ora non ricordo. Ma Luisa disse che, nella fretta di venire con me, aveva dimenticato a casa la sua chiave. 'Colpa tua, che vai sempre di furia e mi fai dimenticare le cose', mi aveva detto. Morale, siamo scesi insieme nel sotterraneo e ha infilato la sua busta nella mia cassetta. L'ho ripescata oggi, sono andato nel mio studio e, nell'intervallo tra un paziente e l'altro, l'ho aperta e quello che ho letto di sfuggita non mi è piaciuto. Allora ho rimandato gli ultimi due appuntamenti e sono venuto qui», concluse Gianni.

Carlotta aprì la busta e iniziò a leggere. Il silenzio del soggiorno era scandito dal fruscio dei fogli che l'avvocatessa andava velocemente leggendo. Infine li ripiegò, tornò a infilarli nella grossa busta e disse: «Complimenti! Non sapevo che tu fossi il proprietario di due cliniche in Lombardia, tre nel Lazio, una a Bari e ben quattro in Sicilia».

«Già! Così sembra, peccato che non lo sapessi neppure io», sibilò lui e si accese una sigaretta.

«Questi sono atti di compravendita in nero per l'ammontare di svariati milioni di euro. Sono tutti a tuo nome, firmati da te, caro dottore, ed erano infrattati nella tua cassetta.»

«E allora?» domandò smarrito.

«Allora c'è da finire dritto in galera.»

«È esattamente quello che ho pensato anch'io stamani. Solo che, prima, non ne sapevo niente.»

«La legge, mio caro, non ammette l'ignoranza. Ti inchiodano le firme. Hai capito da dove scaturiva l'improvvisa dolcezza della tua gentile signora?»

«Al momento opportuno, prima che andassimo in tribunale per il divorzio, mi avrebbe chiesto la busta depositata nella cassetta e io, grato che non avesse sollevato problemi, gliela avrei consegnata e lei sarebbe andata a denunciarmi», concluse Gianni, che era davvero spaventato.

«Se mai avessi avuto un dubbio, adesso sai chi è la signora Luisa Belgrado», disse Carlotta.

Gianni era scattato in piedi e si era messo a camminare avanti e indietro per la stanza. Si sentiva impotente ed era furibondo.

«Io l'ammazzo», sibilò.

«Siediti e finisci di bere la tua tisana», disse lei, con tono pacato.

«La tua calma mi innervosisce ancora di più», affermò lui con uno sguardo gonfio di odio.

Si infilò la giacca, afferrò la busta e fece per andare via.

Carlotta non lo aveva mai visto in preda a tanto furore. Si spaventò, lo agguantò per un braccio e gli domandò: «Che cosa vuoi fare?»

«Vado a stanare quella grandissima troia e la strozzo», rispose.

Lei guardò le sue bellissime mani fatte per curare e guarire, non per uccidere.

Era spaventata e gli ordinò: «Fermati!»

«Dammi una ragione, una sola, per cui non dovrei ammazzarla!» urlò.

«La sola ragione è che non sei tu a dover finire dietro le sbarre, ma lei, la potente signora Belgrado», dichiarò Carlotta.

«E come, se il farabutto sono io?» osservò Gianni, sventolando la busta che lo incriminava.

«Domattina, tu e io andremo alla Guardia di finanza. Tu consegnerai questi documenti e racconterai ogni cosa, esattamente come l'hai raccontata a me. Ti faranno il pelo e il contropelo, ma ti garantisco che Luisa Belgrado si pentirà di essere nata», gli disse.

47

QUEL mercoledì sera, Maria Sole sedeva a tavola, nella sala da pranzo di casa sua, in compagnia dei genitori e dei suoceri.

Antonella, la domestica, aveva dato il meglio di sé per cucinare una zuppa di pesce fresco, uno sformato di verdure e un tiramisù per il dessert.

Il dottor Grimaldi, suo padre, aveva portato del vino eccellente: un rosso Cenerentola della tenuta di Montalcino di Donatella Cinelli Colombini e una cassa di millesimato dei Fratelli Berlucchi.

Memore del pranzo che si era tenuto nella villa di Portofino per ricordare la tragica scomparsa di suo fratello Filippo, Maria Sole voleva adesso onorare allo stesso modo il ricordo di Mariano, dopo aver ricucito il rapporto con i propri genitori e con i suoceri.

Con loro c'era anche il piccolo Michele che si agitava sul seggiolone, a un capo del tavolo, e in qualche modo rappresentava la continuazione della famiglia.

Teneva in mano un cucchiaio di plastica che percuoteva sul ripiano del seggiolone, a tratti ridendo, a tratti sillabando gioiosi «ba ba ba ma ma ma».

«Il mese prossimo compirà un anno e si sta esercitando per imparare a parlare», osservò Ludovica.

«Cerca di chiamare il suo papà», sussurrò Cristina, con le lacrime agli occhi.

«Peccato che debba crescere senza una figura paterna», disse il dottor Grimaldi.

«Le sue figure paterne saremo tu e io», gli disse il consuocero.

«Ho capito. Non vi è bastato aver voluto pianificare la mia vita fino all'altro giorno. Adesso volete guidare anche quella di mio figlio?» sbottò Maria Sole, guardando i genitori e i suoceri con aria di sfida.

Inaspettatamente Ludovica disse: «Maria Sole ha ragione. Cristina e io abbiamo fatto abbastanza danni con i nostri ragazzi, in passato. La mamma di Michele è lei e lo crescerà con il buonsenso che sta ampiamente dimostrando di possedere. Mi ci è voluto del tempo, ma finalmente ho capito che è arrivato il momento di farmi da parte e sarà bene che anche voi facciate la stessa cosa».

«Grazie, mamma», sussurrò la figlia. E proseguì: «Mariano sarà sempre il padre di Michele, perché io, via via che il piccolo crescerà, gli parlerò di lui, ma esisto anch'io e voglio costruirmi un'esistenza equilibrata anche come donna. Io porterò sempre Mariano nel cuore perché è il padre di Michele ed è stato il mio più grande amico. E, a questo proposito, vi annuncio che c'è un'altra persona che soffre per la sua mancanza. Mi riferisco a Pablo. Domani verrà a trovarmi e gli offrirò una spalla su cui piangere, perché quel poverino è disperato».

Cristina disse: «Vorrei esserci anch'io, perché so che a mio figlio farebbe piacere».

Michele si era stancato di giocare con il cucchiaio e lo aveva scagliato sul tavolo con un moto di stizza. Era sul punto di piangere perché aveva sonno.

«Adesso vi lascio soli, e metto a nanna la piccola belva», annunciò Maria Sole, alzandosi da tavola.

Liberò il figlio dal seggiolone, lo prese in braccio e gli sussurrò: «Fai ciao ciao con la manina ai nonni».

Per tutta risposta, lui nascose il viso nell'incavo del collo della sua mamma e iniziò a frignare.

«Questo cucciolo ha sonno», disse Cristina. E soggiunse: «Faceva così anche il suo papà».

Maria Sole uscì dalla sala da pranzo annunciando: «Dico ad Antonella che vi serva il dolce. Gustatelo senza di me, perché non posso abbandonare il piccolo fino a quando non si sarà addormentato».

Si chiuse con lui nella sua cameretta, lo vezzeggiò per distrarlo mentre gli cambiava il pannolino, gli diede da succhiare il biberon della camomilla e poi lo cullò cantandogli una vecchia nenia che diceva: «Ninna oh, nanna oh, questo bimbo a chi lo do...»

Piano piano, il bambino abbassò le palpebre e si addormentò. Allora lo depose nel lettino e uscì dalla stanza.

Quando tornò in sala da pranzo, il tavolo era già stato sparecchiato e i parenti erano in salotto.

Antonella era andata nella sua stanza, ma sul tavolo della cucina trovò un piattino con un'ultima porzione di tiramisù.

«Ti sei trovata una domestica ineccepibile», disse Ludovica.

«È una brava donna che mi è di grande aiuto», affermò Maria Sole.

Sua madre era in cucina e ispezionava il grado di pulizia del lavello e dei ripiani.

«Speriamo che duri», replicò la madre.

«Adesso ricominci con le critiche?»

«Scusami. Devo abituarmi ad avere una figlia che sa gestire tutto molto bene», sussurrò, dandole una carezza.

«Sono quasi le dieci e io vorrei andare a letto», disse Maria Sole.

«Hai ragione. Adesso ce ne andiamo. Grazie per questa serata», la gratificò sua mamma mentre si congedavano.

Lei si preparò per la notte e quando fu a letto chiamò Alberto.

«Com'è andata la cena?» le domandò subito lui.

«Meglio di quanto pensassi. Ho chiarito alcune cose e ho ottenuto il consenso di genitori e suoceri. Tu lo sai quanto fossi legata a Mariano e sai quanto ho sofferto per averlo perso. Non mi sento una vedova e il tempo del lutto è finito.»

«Mi stai dicendo che possiamo rivederci?»

«Il prossimo weekend, a Villa Sans-souci, se per te va bene.»

«Non aspetto altro ormai da mesi, piccola mia. Vengo a prenderti venerdì sera.»

«Lo sai che ho un'auto, vero? Tu mi aspetterai a Paraggi.»

«E Michele?»

«Ho una domestica che ha cresciuto tre figli ed è affidabile, e una suocera che vive nell'appartamento sopra il mio e sarà felice di fare la nonna», concluse Maria Sole.

«Non vedo l'ora di riabbracciarti ma, ti prego, guida con prudenza.»

«Devo lasciarti, perché Michele si è svegliato e sta reclamando la sua mamma.»

Il mattino seguente Pablo suonò alla porta.

«Ti aspettavo. Entra», lo accolse Maria Sole.

Il ballerino aveva il viso scavato dalla sofferenza, era pallido e sottile come un giunco.

Le tese un fascio di fiori festosi che contraddicevano il suo stato d'animo.

«Grazie per avermi invitato a casa tua», disse lui.

«La mia casa sarà sempre aperta per te», rispose lei, facendolo accomodare nel salotto. Quindi gli domandò: «Posso offrirti qualcosa?»

«Solamente il tuo ascolto. Ho bisogno di dirti alcune cose. La prima è che Mariano aveva stipulato una polizza assicurativa con la banca che non rientra nell'assetto ereditario, perché è a mio nome. Si tratta di una bella somma e, ti prego di credermi, io non ne sapevo niente. Ora la banca mi ha scritto per chiedermi come intendo investirla. Ecco qui la lettera.»

«Non voglio leggerla. Ora il denaro è tuo e penso che in un momento di crisi economica che coinvolge anche voi, gente dello spettacolo, un po' di soldi ti facciano comodo», osservò Maria Sole.

«Ma è denaro tuo e del bambino», insistette lui.

«Credimi se ti dico che, sia io sia Michele, non abbiamo alcun bisogno di soldi. Apprezzo la tua correttezza e considero chiuso l'argomento», lo rassicurò.

«A casa ci sono molti effetti personali di tuo marito, non solo gli abiti e la biancheria. C'è un Piaget da polso che vale un botto e mi sembra giusto che lo abbia Michele. Così mi sono permesso di portartelo», soggiunse e prelevò dalla tasca della felpa un astuccio lungo e sottile che conteneva l'orologio.

«Ti ringrazio. Un giorno verrò a trovarti e mi porterò via i libri di Mariano perché voglio che il piccolo, crescendo, possa leggerli, sapendo che quelle erano le opere che amava suo padre. Infine, mia suocera desidera salutarti. Ora la chiamo e prendiamo insieme un caffè. Perché questo è quello che Mariano avrebbe voluto», concluse.

48

La sera dell'ultimo giovedì di maggio, Maria Sole, Gloria e Carlotta si presentarono a casa di Andreina, dove aleggiava il profumo della cucina pugliese.

«Questa sera ci sono le orecchiette con le cime di rapa, le braciole, ma con carne di vitello, le verdure arrostite e, infine, le cartellate che sono le frittelle dolci più golose del mondo. Quella santa donna di Adele si sta abituando ai nostri gusti e ha eliminato l'aglio», precisò la padrona di casa, per tranquillizzare le amiche, mentre depositavano sul tavolo dell'ingresso sacchetti e scatole con i doni per la piccola Viviana.

Era una bella serata di primavera e Andreina aveva allestito una grande tavola sul terrazzo dove una pergola di glicine in fiore spandeva un soavissimo profumo.

«Ho fatto allungare il tavolo, così da mantenere il distanziamento e cenare senza le mascherine», spiegò subito, mentre guidava le amiche verso il terrazzo.

«La nostra nipotina dov'è?» protestò Carlotta.

«Dorme nella sua culla, in cucina, mentre Adele spignatta. I rumori dei piatti le conciliano il sonno. Comunque, non solo la vedrete, ma la sentirete, perché miagola come un gattino, invece di strillare», spiegò Andreina con tenerezza.

«Certo che è davvero strano cenare qui, da te, il giovedì», commentò Gloria.

«Chissà quando potremo ritornare nella nostra saletta Ottocento», sospirò Maria Sole.

«È meglio essere cauti. Il virus non è sparito dalle nostre vite», osservò Andreina.

Adele portò fuori una zuppiera colma di orecchiette, Maria Sole versò nei calici un aromatico primitivo della cantina di Albano Carrisi, la piccola Vivì iniziò a farsi sentire e Andreina le diede il seno, continuando tranquillamente a mangiare e chiacchierare con le amiche.

«Ho come la sensazione che ognuna di noi abbia cose da raccontare ma, dopo tanto tempo dal nostro ultimo incontro, non si riescano a trovare le parole», osservò la padrona di casa.

Ora stavano sgranocchiando le cartellate e Maria Sole esordì: «Domani sera monto in macchina e vado a Paraggi dove Alberto mi aspetta». E proseguì: «Ho recuperato il rapporto con mia suocera e perfino con quell'intrigante della mamma che, quando stiamo insieme, manca poco che mi chieda il permesso di respirare».

«Finalmente hai conquistato la tua libertà», commentò Carlotta.

«Dieci anni di confronto con voi tre sciamannate hanno prodotto qualche risultato e, di questo, vi sono grata», dichiarò lei.

«E di Alberto che cosa ci dici?» la stuzzicò Gloria.

«Che non vedo l'ora di ritrovarlo e fare una scorpacciata di amore e coccole, perché come mi coccola lui, nessun altro uomo saprebbe farlo», sussurrò con aria beata.

«Questo significa che vi sposerete?» indagò Carlotta.

«Non mettetemi fretta. Io sto a Milano, lui a Genova. Adesso non ci voglio pensare. Però lo amo tanto e mi piace trascorrere i giorni della settimana nell'attesa del sabato di festa», disse con aria sognante.

«Io conosco il tuo Alberto e so che sarà un buon padre per il tuo bambino», osservò Andreina.

«A proposito di padri, che ne è del tuo americano?» domandò Maria Sole, a nome anche delle altre amiche.

«Ha divorziato dalla moglie. Questa sera non ho voglia di raccontarvi tutta la storia. Vi basti sapere che lui ha scoperto d'avere per moglie una grande bugiarda travestita da santa donna e ne è uscito a pezzi. Ora ci sono tutte le premesse perché possa sapere della mia meravigliosa Vivì, ed è possibile che, quest'estate, noi ci si riveda in Inghilterra», rivelò Andreina.

«È una grande notizia. Lui non ha mai smesso di

amarti e impazzirà di gioia per la vostra bambina», si entusiasmò Maria Sole.

«Vedremo», replicò laconicamente lei.

«Questa è nuova! Dov'è finita la passione cocente che ti faceva versare fiumi di lacrime?» sbottò Gloria.

«Non lo so... sono un po' confusa... Insomma, non statemi con il fiato sul collo, perché ho bisogno di riflettere», dichiarò.

Le altre tre si scambiarono sguardi perplessi e Carlotta concluse: «Rifletti, gioia mia; ma lasciami dire che quello che ci unisce da tanti anni è che siamo quattro donne assolutamente inaffidabili, sul piano sentimentale».

«Lo sottoscrivo in pieno, anche perché sto per sganciare una bomba», intervenne Gloria, con un tono di voce a mezza via tra il dramma e la comicità.

«Aspetta un attimo, per favore, perché devo mettere a letto la mia bambolina. Voi, intanto, andate nel salotto, perché qui fuori c'è un po' di brezzolina», suggerì la padrona di casa.

«Io non ho mai visto una neonata così buona», commentò Maria Sole che pensava a quel terremoto del suo bambino.

«Mangia, dorme e, qualche volta, miagola», sorrise la neomamma, prima di dileguarsi verso la zona notte.

Poco dopo, mentre Adele sbarazzava il terrazzo, Andreina comparve nel salotto con una ciotola di cioccolatini.

«Allora, a che punto eravamo rimaste?» esordì.

«Eravamo rimaste che io sono incinta di due mesi e mezzo», annunciò Gloria.

«Tombola!» esultò Maria Sole.

«È venuto per caso o è voluto?» domandò Carlotta.

«Non ho mai voluto figli e voi sapete che anche il mio Sergio era d'accordo. Però, adesso che ho quarant'anni, ho deciso che me lo tengo.»

«E lui sarà felice di diventare padre», esultò Andreina.

«Peccato che io non sappia se il padre è davvero lui... perché potrebbe essere Bruno», dichiarò.

«Aiuto! Mi sento svenire», sussurrò Maria Sole.

«Sei una vera incosciente», commentarono le altre due.

«Ne sono pienamente consapevole e non so se voglio indagare sulla paternità della mia creatura», dichiarò e proseguì: «Ne dobbiamo discutere, ma non questa sera, perché non ho voglia di subire il vostro interrogatorio».

«Anche per non rubare la scena a me che ho la mia bomba da far esplodere», annunciò Carlotta.

Le altre le rivolsero sguardi ansiosi, ma lei era decisa a tenerle sulla corda.

Quando si fece silenzio, prese a dire con voce pacata: «Veramente le bombe sono più d'una. La prima: avete presente l'arrogante signora Belgrado, ricca da fare schifo, cinica ricattatrice, inspiegabilmente venuta a Canossa per chiedere la mia amicizia?»

«Non tenerci sulla corda, vai avanti», la spronò Gloria.

«Stamani è stata assicurata alle patrie galere. Sissignore, è in custodia cautelare a San Vittore, con ben undici capi d'imputazione. Anch'io, come Gloria, non posso raccontarvi tutto questa sera, perché si sta facendo tardi e devo andare a riposare. E vengo alla seconda bomba: anch'io sono incinta. Ho quarantacinque anni e aspetto un figlio. Naturalmente non ci sono dubbi sulla paternità. Gianni è strafelice e, invece di camminare, vola. La mia ginecologa mi ha prescritto una serie di analisi che farò per scrupolo, ma non mi sono mai sentita meglio di così. Questa volta sono pienamente felice, amiche mie. Il lungo lockdown mi ha portato fortuna. E Fortuna sarà il nome della mia creatura, se sarà femmina. Fortunato, se sarà un macho pazzesco come suo padre. Non avrei mai creduto di diventare madre alla mia età. È proprio vero che l'amore fa miracoli», concluse Carlotta.

Si abbracciarono come sorelle e tali si sentirono veramente, perché insieme, formavano una bella famiglia.

Poi Maria Sole disse: «Vi ricordate lo scorso dicembre, quando avevo scoperto l'omosessualità del mio povero Mariano? Ero disperata e avevo elaborato il progetto di aprire un nido d'infanzia. Bene, adesso è arrivato il momento di realizzarlo. Intanto perché nessuna di voi tre smetterà di lavorare per fare la madre a tempo pieno. E poi, perché sarete d'accordo che i nostri figli debbano crescere insieme, come fratelli».

E quello fu un bel modo per concludere il giovedì

sera. Superata la pandemia avrebbero ripreso a frequentare la saletta Ottocento della signora Pia Mantovani. Nel frattempo, la casa di Andreina avrebbe accolto le loro confidenze.

Finito di stampare presso Grafica Veneta S.p.A.
Via Malcanton, 2 – Trebaseleghe (PD)
Printed in Italy